U0536260

〖中华诗词存稿·地域专辑〗

中华诗词学会 编

轻舟集

黑龙江诗钞

王卓平 著

中国书籍出版社
China Book Press

图书在版编目（CIP）数据

轻舟集 / 王卓平著 . -- 北京 : 中国书籍出版社，
2020.7

（中华诗词存稿·黑龙江诗钞）

ISBN 978-7-5068-6965-2

Ⅰ . ①轻… Ⅱ . ①王… Ⅲ . ①诗词—作品集—中国—
当代 Ⅳ . ① I227

中国版本图书馆 CIP 数据核字 (2020) 第 124439 号

轻舟集

王卓平 著

责任编辑	李国永	
责任印制	孙马飞　马　芝	
封面设计	采薇阁	
出版发行	中国书籍出版社	
地　　址	北京市丰台区三路居路 97 号（邮编：100073）	
电　　话	（010）52257143（总编室）（010）52257140（发行部）	
电子邮箱	eo@chinabp.com.cn	
经　　销	全国新华书店	
印　　刷	北京虎彩文化传播有限公司	
开　　本	710 毫米 ×1000 毫米 1/16	
字　　数	200 千字	
印　　张	18	
版　　次	2020 年 7 月第 1 版　2020 年 7 月第 1 次印刷	
书　　号	ISBN 978-7-5068-6965-2	
定　　价	1198.00 元（全 6 册）	

版权所有　翻印必究

《中华诗词存稿》
编委会名单

顾　　问：郑欣淼　郑伯农　刘　征　沈　鹏
　　　　　葉嘉莹

编　　委：（按姓氏笔画排序）
　　　　　丁国成　王　强　王改正　王德虎
　　　　　刘庆霖　吕梁松　李一信　李文朝
　　　　　李树喜　陈文玲　张桂兴　范诗银
　　　　　欧阳鹤　杨金亭　林　峰　罗　辉
　　　　　周兴俊　周笃文　宣奉华　赵永生
　　　　　赵京战　钱志熙　晨　崧　梁　东
　　　　　雍文华

主　　任：范诗银

副主任：林　峰　刘庆霖

执行主编：吕梁松　王　强　李伟成

秘　　书：李葆国

作者简介

王卓平，女，笔名一叶轻舟，1960 年 11 月生，黑龙江省楹联协会理事，哈尔滨市诗词楹联协会副主席，丁香诗社常务副社长，中华诗词论坛丁香诗社首席版主。作品在《中华诗词》《诗潮》《黑龙江联坛》《长白山诗词》等多家出版物发表。2011 年出版《王卓平诗词选》。

总　序

　　我们这个诗歌大国有一个很好的传统，历来注重"采诗"、搜集整理诗歌材料。作为唯一的全国性诗词组织的中华诗词学会，自1987年5月成立以来，就十分重视这项工作。学会每年的学术研讨会和历届"华夏诗词奖"，都出版论文集和获奖作品集。纪念学会成立二十年、三十年时，还专门编辑出版了《大事记》《论文选集》《诗词选集》。《中华诗词》创刊以来，每年都制作年度合订本。2007年5月，在北京天识东方文化艺术传播有限公司的资助下，以近代以来诗词创作、诗词理论、诗词运动重要文献汇编，当代名家个人作品专集等为主要内容，出版了《中华诗词文库》。经过十来年的编辑整理，已经出了近百卷。这些诗集、文集的出版，记录了近百年来尤其是改革开放四十多年来，中华诗词从起步、复苏走向复兴的砥砺前行的历程，为近、当代诗歌史的撰写准备了丰富的资料。

　　党的十八大以来，中华民族优秀传统文化重新受到应有的重视。习近平总书记《念奴娇·追思焦裕禄》词和《军民情》七律的相继发表，引领中华大地诗潮滚滚而来。《中共中央关于繁荣发展社会主义文艺的意见》和中办、国办《关于实施中华优秀传统文化传承发展工程的意见》，都明确提出"加强对中华诗词、音乐舞蹈、书法绘画、曲艺杂技和历史文化纪录片、动画片、出版物等的扶持。"国家教育部组织制定由中华诗词学会起草的新中国语言体系中的新韵书《中华通韵》已经通过国家语言文字工作委员会语言文字规范标准审定委员会审定，即将颁布全国试行。这些都使我们真切地感受到，中华诗词的春天真的到来了。诗人们乘着驰荡春风，正以高昂的激情，书写着中华民族伟大复兴的新时代、新史诗，国家富强、民族振兴、人民幸福的中国梦；正以与人民同呼吸、共命运的诗人之心，对人民的欢乐、人民的忧患、人民的情怀给以诗意的表达；正以"美"或"刺"的诗人之笔，对市场经济大潮中人民对幸福生活的期待，对美好未来的希望，对假丑恶的深恶痛绝，或给以方向，或给以赞美，或给以鞭挞。正如习近平总书记所指出的："好的文艺作品就应该像蓝天上的阳光、春季里的清风一样，能够启迪思想、温润心灵、陶冶人生，能够扫除颓废萎靡之风。"

当前，传统诗词创作者和诗词爱好者队伍发展迅速，已超过三百万。每天创作的诗词作品超过唐诗、宋词、元曲的总和。诗词评论研究队伍也成长很快，诗词评论、诗词学、诗词创作理论研究成果丰硕。如何从浩如烟海的诗词作品中"淘"出优秀作品，并使之存下来、传下去，如何使诗词研究理论成果"面世"并发挥应有的指导作用，确实是摆在我们面前的无可回避的一个重要课题。中华诗词学会是一个没有国家编制，没有国家拨款的社会团体，事业的运转主要靠社会赞助和会员费支撑。俊识（北京）文化传媒有限公司总经理吕梁松、北京采薇阁总经理王强，两位一直是对中华传统文化情有独钟的热心人，慷慨解囊，愿意同中华诗词学会一起，搜集整理编辑推出《中华诗词存稿》这套书，共同为中华诗词文化的继承和发展，做成这件十分有意义的事情。

　　《中华诗词存稿》主要搜集整理出版三部分内容的资料：一是当代诗词名家的个人作品集；二是当代诗词评论家、诗词学者的学术著作集；三是当代诗词作品、诗词理论学术成果阶段性、专题性、地域性的集成类作品集。诗词作品强调精品意识，沙里淘金，把"有筋骨、有道德、有温度"的优秀诗词作品搜集起来。诗词评论、研究类资料强调理论性和创新性，应具有鲜明的个性特点，具有创建性的见解。集成类的资料应有一定的史料保存价值。总之，做成一套具有当代价值和历史意义的好书。在此，我们编委会人员，向提供资料、筛选编辑、版面设计、校对勘误，包括所有为这套资料付出辛勤劳动的同志们，表示真诚的谢意！

郑欣淼

二〇一九年七月于北京

挥我心情笔　纵横岁月廊

——泛读王卓平《轻舟集》缀感

高　凯

"愿为碧海迎霞客，不写红尘媚俗诗。"这是王卓平七律《偶感》里面的两句诗。这是她的信条、她的风骨，抑或也可看成是她的座右铭。我想如果一个人能够按着这种态度去创作诗词，那么他（她）的作品是值得一读的。

在哈尔滨乃至黑龙江诗词界，王卓平无疑可以说是一位排在前列、极具实力的女诗人了。如果再广而论之，就东北三省乃至全国诗坛来看，她也大可堪称是成绩斐然、颇有影响的佼佼者。

这绝非虚意的浮夸推崇之词。因为我向来认为在文艺界，一个艺术家（包括作家、音乐家、书画家、诗人等等）都是要拿其作品来说话的。你自己认为怎么好，或者也有人说你怎么好，那都不一定。把你的作品拿出来摆在那儿，让大家去看，认定确是货真价实，确是有份量，确是受欢迎，这才是最重要的。

当然，对于艺术作品的欣赏与评价，一般来讲也都是有弹性的，仁者见仁，智者见智，也是"兵"家常事。有的专家认为怎么怎么好，许多群众却不那么买账；有的群众喜欢的，一些专家却并不以为然。这里面就有一个"雅"和"俗"的问题。

王卓平的诗词创作之所以成功并取得了较高成就，一个重要特点，就是她做到了雅俗共赏。

我认为雅俗共赏是艺术作品的一种高境界。

大家都知道，艺术品创作出来是要给人看的，而且希望看的人越多越好。那么，一件成功的、优秀的艺术作品就必须要做到雅俗共赏才行。对于古体诗词创作来说，要做到这一点同样非常必要，甚至更为必要，但是也更不容易。

有些诗家作出来的诗词尽管有意境，但语句艰辛，晦涩难懂，却自以为很"雅"。有时生硬地引用典故，他也知道一般人可能看不大懂，于是就要在诗后加上一大堆注解才行。王卓平也有用典之诗词，却写得通晓易懂。请看下面这首词：

> 朵朵紫云生，簇簇清香软。芳草天涯一寸心，
> 梦叠烟霞婉
> 　怅忆那篇诗，这份情难遣。恨雨绵绵小巷中，
> 湿透伊人伞。

（《卜算子·雨中紫丁香》）

爱诗的读者都知道她在这里含写了戴望舒《雨巷》一诗的意境，不必加任何注解。与这类"雅"却使人难以接受的是，另有所谓诗家俗则俗矣，写出来的东西虽然一眼就能看明白，但缺少内涵，毫无意境，如同白开水淡而无味，或味同嚼蜡，到了俗不可耐的地步，也就更没什么意思了。

我之所以对王卓平的诗词非常欣赏，就是因为她的绝大部分作品都已经达到了雅俗共赏这一高标准。她的许多诗作视野开阔，内涵深邃，具有很丰富的意境，同时却能够深入浅出，晓畅通达。这是一种功力，也是诗词创作所需要的一种悟性。

　　王卓平诗词的另一个显著特点是清新——诗容清新、意境清新、语言清新。

　　诗容这个词，或许有人会感到陌生，有人也可能会质疑是不是我的臆造。但我确实认为是有诗容的。诗容，亦即诗的面容。如同人有面容，许多事物都有面容一样，一打眼，或者说第一眼看到的东西，立马就有一种感觉，喜欢或不喜欢，抑或没感觉，不引起兴趣。

　　当前诗家众多，各类诗词作品多如牛毛，或可谓耸若云山，浩如烟海，根本细看不过来。也就是说，面对所遇到的诗词，包括诗刊上的，诗集上的，论坛上的，微信上的等等，要想全都去读赏一遍根本是不可能的。在这样的情形之下，诗容就显得颇有其作用了。且举王卓平的诗词一二例：

　　　　一叶载秋心，一叶斑斓梦。一叶飘飘伴雨飞，
　　一叶诗纵横。
　　　　一叶读斜阳，一叶黄花共。一叶凝眸月色凉，
　　一叶相思冻。

　　　　　　　　　　　　　　　（《卜算子·秋树》）

　　　　雪花十月下江南，遍访湖山笑已贪。信步苏堤牵雨手，回眸西子戴云簪。俗尘抖落有千百，好句飘来岂二三。盘点经年些许事，此心且喜共天蓝。

　　　　　　　　　　　　　　　（《岁末留题》之十三》）

　　面对这样一些诗容清新姣好之作，相信许多读者初观之下便难罢眼。也就是说大体一看就让人眼前一亮，继而心中

一动，就想读下去，结果多半不会让人失望。王卓平的诗词大多如此。

如果说诗容只是一首诗作给人的一种表面的初始的印象，那么意境就触及到诗作的灵魂了。有无意境，意境的深浅，意境的陈旧与清新，都直接关乎到一首诗作的质地与份量，这是大家都知道的。不过当下许多诗家虽然深谙意境的重要，创作时冥思苦想，潜心营造，但是往往落入前人的窠臼，总显得似曾相识，未脱旧套。而王卓平的诗词却常常把人带进一种清新的意境，让人有别开生面之感。这是因为她总是有自己不同寻常的梦想与心灵追求，正如她在《秋日随笔四首》之一所言："俗尘太重双肩卸，明月偏轻一笔题。诗境长宽心不窄，天涯高远梦难低。"

上面所说的诗容与意境，最终都是要靠语言去体现和打造的。王卓平诗作中大量清新的语句是最为令人欣赏的，有的如同一片片雨后的青枝绿叶，有的如同一朵朵晨露下的美丽瓣蕊，经过她的看似随意却十分巧妙的佳构，或串织成耀眼的诗环，或丛生出夺目的词圃。结集在一起，就形成了魅人的、生机勃勃的奇葩与硕果。

这里不妨随手摘下几行她的个中诗句：

寂寞随云远，相思逐月弯。

（五律《仲夏夜思》）

风儿欺碧草，燕子剪黄昏。

（五律《夜梦芳洲》）

挥我心情笔，纵横岁月廊。

（五律《忆中闲笔》之四）

任他流去千江事，信我能为万里鸥。

（《岁末留题》十一）

凝神读，黄昏往事，细雨归程。……小船倚岸，
抛秀笔为杆，但钓闲情。

（《凤凰台上忆吹箫·盘点诗笺思题》）

笔纵山河无寂寞，秋意驰来，未觉情萧索。
烦恼些些留与昨，皱纹一笑成收获……心已归零
襟落落，悠悠世路随交错。

（《蝶恋花·初秋闲题十九首》之十）

…………

她正是用了如此清爽新鲜、生动形象且又富含哲理意味
的语句，创作出了诸多可圈可点的佳篇。

自从在诗坛上结识以来，我就一直比较愿读王卓平的诗
词，如今翻阅眼前她的这部作品集，又不能不心生感叹。其
诗词创作内容之丰富，题材之广泛，体裁之多样，特别是其
数量之巨，质量之优，都堪可点赞！

诗词集里面有许多寻常题目，似乎是信手拈来，却笔下
不凡。有时一个题目就能够写出七八首，十余首或几近二十
首，而且首首精到。真可以说是佳作连篇，直如行云流水，
时常令人目不暇接，给人一种一气呵成之感。例如《夏末闲
笔八首》《楚云深·癸巳末留笔十二首》《岁末留题十五首》

《蝶恋花·初秋闲题十九首》等等。过生日，一般人也就写个一首两首，顶多三五首。而她下笔就一发不可收，出手就是一打：《乙未生日闲笔十二首》，足以叫人叹服。

记得若干年前，王卓平的第一部诗词集出版不久即获得了哈尔滨市天鹅文艺大奖。当时我是五位评委之一，对她的作品就非常认可，觉得已经具有一定水准，同时也觉得她的诗词创作已然达到了自己的一个高峰。因为就文艺创作来讲，人的一生中总是有高峰有低谷的。让我没有想到的是，王卓平几年来能够长时间保持一种诗词创作的高峰态势，并且通过锲而不舍的努力和熟能生巧的攀登，实现了自我超越，又拿出这部更优秀丰满的精选集，思来实属不易。

如果更深一步地去品读，从这部诗词集中我们能够感受到，多年来王卓平始终没有放弃她自我心田的耕耘，她用自己的一份真诚和温馨，加上一份勤奋，在诗坛上留下了深情的足迹。她的每一行诗花诗雨都清晰地映出了自己的风格风韵，体现了她对人生的感悟和对世事的理解，体现了她襟怀的淡泊与从容，从而在岁月的长廊上镌绘出了流年的美好和生命的重彩。

2018 年 4 月于哈尔滨梦云轩

读卓平赋

止观斋主　徐双山

　　龙江女史，灿若群星。风流蕴藉，秀外慧中。伴幽窗而赏月，戏柳浪而闻莺。似繁花而齐放，比百鸟而争鸣。喜明珠之荟萃，惊异彩之纷呈。

　　冰城才女，名曰卓平。诗坛姝丽，文苑佳朋。鸾简梅笺，有道韫班昭之志；锦心绣口，慕文君唐琬之情。绿雾青云，怀苏蕙左棻之梦；红枫白雪，羡薛涛清照之名。茹古涵今，仰严蕊文姬之概；挑灯面壁，用婕妤帘秀之功。抱月听蝉，喜如是慧兰之美；生花吐凤，做淑真李冶之行。春夏秋冬，五凤楼中觅句；东南西北，三家巷里寻踪。饮露嚼华，孜孜而不倦；穿珠漱玉，矻矻而有恒。笔蘸清波，有心有爱；魂牵桑梓，至笃至诚。佳构奇思巧喻，谋篇妙化求精。缉柳编蒲，终成卷帙；相邀命笔，嘱余点评。

　　《毛诗·大序》云："诗者，志之所之也。在心为志，发言为诗。情动于中而形于言。言之不足，故嗟叹之；嗟叹之不足，故咏歌之；咏歌之不足，不知手之舞之，足之蹈之也。" 刘勰云："神用象通，情变所孕。物以貌求，心以理应。刻镂声律，萌芽比兴。结虑司契，垂惟制胜。"此皆为诗为文之至理名言也。

　　余谓：为诗之道，贵乎言情。诗成于心动，情蕴于诗中。情以诗传，诗因情生。有情则有魂有魄，无情则无用无功。真情如春风化雨，伪情如扎彩糊形。

　　读卓平之作，喜意重情浓。一草一花言爱，一枝一叶关情；一曲一歌留梦，一词一句动容。冬来夏去，春早秋暝。青山隐隐，绿水淙淙。窗前鸟唱，水里蛙鸣。望归燕而晨咏，思子规而夜耕。泪眼问花不语，芳心听雨无声。蛱蝶殷勤缱绻，菊兰寂寞伶俜。知月圆而书碧柳，望雨霁而赋迁莺。筑相思而题冬鹤，怀故里而咏飞鸿。祭父衔悲秋雨，悼花含恨西风。作寿歌而为婆母，填鹧鸪而咏萧红。劲竹立于溪畔，蒹葭走出诗经。龙府歌吟武穆，蒲艾怀念屈平。调色染诗，咏春江花月夜；聚焦封梦，看明月共潮生。

　　王国维云："境非独谓景物也，喜怒哀乐，亦人心中之一境界。故能写真景物、真感情者，谓之有境界。否则谓之无境界。"又云："言气质，言神韵，不如言境界。有境界，本也。气质、神韵，末也。有境界而二者随之矣。"余谓：诗家取境，六和在胸。情牵大野，心悟苍穹。天人合一，物我相融。超然象外，得其环中。取境之时，笔墨神游万仞；成篇之后，诗情意韵无穷。词彩外敷，精神内蕴；奇思叠现，妙意纵横。

　　或沉雄凝重，或淡雅空灵；或珠倾飞瀑，或气贯长虹；或清新绮丽，或蕴藉朦胧；或横涯悠远，或纵际溟蒙。或零陵石燕，或东海蝃蝀；或千秋树木，或万里鲲鹏；或云龙无尾，或潜虎有踪；或边城暮鼓，或古寺晨钟；或红梅傲雪，或黄鹤临风；或白云散淡，或紫气升腾。

　　卓平深谙造境，谋篇颇有内功。峡谷幽深，雁影飞临云外；龙湾寂静，蛙声落入水中。碧水春歌，缥缈星稀云淡；白山秋韵，迷离月朗风轻。感叹年华，镜里鬓丝堆雪；悄吟春逝，篱边愁绪落英。绿叶蓬勃，盛夏相思渐长；蓝风浩荡，严冬诗意凋零。风冷黄花，岭上捡拾秋色；霜侵衰草，云端漫过心声。北斗能斟，旷纵三狂草舍；烟霞常伴，婀娜五女神峰。翠绮裁裙，一柱天街漫步；紫岚遮幕，七星孔雀开屏。

　　钟嵘云："诗有三义焉：一曰兴，二曰比，三曰赋。文已尽而意有余，兴也；因物喻志，比也；直书其事，寓言写物，赋也。宏斯三义，酌而用之，干之以风力，润之以丹彩，使味之者无极，闻之者动心，是诗之至也。" 读卓平之作，知三义兼容。比兴堪夸颖悟，用赋足见聪明。

　　曲赋诗词，煎炒人生五味；琴棋书画，烹调尘世七情。对镜理妆，梳去忧烦缕缕；修裁烫发，卷成欣喜层层。雨珠凝怨，可将爱恨滴损；针线含情，欲把伤心补缝。磨尽炎凉，叠起半帘幽梦；淘来甘苦，煮成一抹霞红。结伴来游，情捻玉皇瑞雪；寻幽探径，诗攀长白奇峰。岁月留痕，蜜意裁霞红淡；梧桐照影，真情织雨绿浓。酷爱新声，听水流成韵律；闲抛旧事，观风摇落雾凇。

　　行文草草，命笔匆匆。言不及义，劳而无功。管窥蠡测，信口无凭。敬祈见谅，滥竽之充。是为序。

目 录

古风选九首

七律选一百零四首

五绝选十三首

词选四百零四首

附：曲选四首

古风选九首

置酒行

　　春醪白堕，官酿黄封。少斟君子，多饮仙翁。有名竹叶，有姓梅花。一壶月下，对影吟家。偏醉陶令，独醒屈平。许仿李白，许效刘伶。白衣相送，红友频呼。倾杯无恼，大笑再沽。乃扫愁帚，为钓诗钩。逐逍遥燕，追散淡鸥。丁香摆宴，以备千钟。骚人雅聚，南北西东。全羊烤就，琬液争豪。领军双帅，笔力同高。远离俗事，直欲清歌。持螯共棹，江湖泛波。

春之歌

　　马嘶槽前，羊到春边。初怜少雪，时觉透寒。旭日渐暖，东风转鲜。翩翩还燕，寂寂回鹃。花心梦醒，草脚摇天。云迷醉眼，江驻吟鞭。绮霞连句，青霭成篇。月隐桃睡，星闪柳眠。红杏飘雨，绿杨生烟。落絮有恨，流水无言。匆匆来去，年复一年。歌而小记，不负拳拳。

怀念·写在父亲病逝二十周年

光阴悄然远，转瞬二十秋。音容常入梦，思念未曾休。此时翻旧卷，往事忆悠悠。霞启读脉诀，雨来诠汤头。济世踏破雪，悬壶戴月钩。心中耽病患，送药解千愁。灯下研经典，疑难症能瘳。赢得口碑好，回报却无求。教子更严格，不可随波流。精神传后代，品德须遵修。女儿今提笔，父爱自难酬。寂寂凭窗望，正有星眨眸。您在天堂里，切切莫担忧。

谒牡丹江边墙有感

绵延三十里，北方小长城。缕缕硝烟远，渤海歇刀兵。千载梦已皱，沧桑难了情。风过山旖旎，松高显峥嵘。朦胧旧时境，恍惚隐躬耕。桑田自多变，悠悠溪水清。浮沉应已惯，日月转阴晴。手扶残墙叹，须早忘营营。尘襟葱绿浣，淘耳有莺声。信步高峰上，回首白云轻。

牡丹江地下森林火山口抒怀

七月流火日，到此品自然。拨岚层层读，悠悠一万年。巨岩呈倒挂，怪石似环悬。嶙峋多少梦，默默问清泉。登高瞰古木，侧耳鸟声旋。寻幽峥嵘处，洞深别有篇。紫椴欣迎客，壮哉亭齐天。差可抒怀抱，更宜弄管弦。才解凭栏意，思绪漫无边。回首玉宇阔，袅袅起苍烟。

秋晨随笔

暑气渐行远，晨风几许凉。屏前思漫漫，窗外雨茫茫。多少流年事，翻翻初泛黄。飘零一些梦，添得丝丝霜。将退别浮躁，素心自生香。江湖寻静岸，泊舟品沧浪。无须分日暖，不借月之光。向云学散淡，与鸥共飞觞。清吟今与古，落笔慨而慷。岁时由其变，未来信步量。

闲理吟笺

岁月如烟飘，诗程为一段。整理案头笺，思绪尤其乱，朦胧杏花村，迷离杨柳岸。梦寻武陵溪，心往烟霞畔。时觉江水流，忽又山呼唤。鬓上无春华，俗尘多羁绊。浮名懒经营，闲云求做伴。东西南北风，随他四季换。生涯本平常，何必发长叹。有笔在手中，差可防肠断。

由辉发河景观带想开去

一水何其远，汤汤历史流。辽金曾饮马，剑戟对长矛。女真烟无迹，摩崖立荒沟。几家古船口，漫渡数春秋。抗联英雄事，隐隐在山头。决策定东北，战争旧址留。斯河浪苍老，鸡冠看云浮。今日凭栏处，两岸皆高楼。霞光勤泼洒，波荡两三舟。蝴蝶穿花径，燕儿舞芳洲。树密藏鸟语，桥多惹仡眸。工业兴未艾，农商自绸缪。田阔稻成海，野宽可牧牛。这般浑如画，不负此中游。更有梅津律，笔下正悠悠。清风撩思绪，天涯月似钩。

随　笔

误入诗门若许年，此生难止平仄路。快乐高擎寄天涯，忧伤丢在拐弯处。夏夜聆听莲藕歌，秋晨轻匀菊花露。虽是平常一粒沙，也枕浪花醉芳渚。襟怀笑纳霜雨多，岁月之河逍遥渡。功名与我风马牛，情思只向闲鸥诉。淡定青山常与眸，从容碧水斜阳步。红尘之旅剩什么？一点云心难辜负。

五律选三十二首

仲夏随笔（四首）

夜梦清湖

避嚣临水畔，小憩品渔歌。
柳影摇明月，蛙声叠碧波。
几丝风缱绻，一个梦婆娑。
淡定流年事，闲云裁剪多。

江岸一瞥

避暑寻凉地，怡然几许幽。
阳光凭泼辣，柳荫或温柔。
亭上歇闲客，江边泊小舟。
诗心期赐露，好解笔尖愁。

仲夏夜思

幽夜推窗看，清心向往山。
薰薰风漫舞，款款柳悠闲。
寂寞随云远，相思逐月弯。
一杯鸡尾酒，惬意品斑斓。

夜梦芳洲

暑气芳洲绕，扁舟半掩门。
风儿欺碧草，燕子剪黄昏。
梦逐云千里，心藏月一痕。
听鱼思枕浪，诗事许重温。

初夏心情点滴（四首）

其一

雨滴殷勤舞，红霞已久违。
云花天际瘦，诗草水边肥。
笔重难提起，心沉愁放飞。
临窗梳往事，不忍忆芳菲。

其二

闲花开自在，垂柳绿犹酣。
冷暖随天意，浮沉听燕谈。
白云堪寄笔，青眼不瞧贪。
俗事人情重，病肩愁一担。

其三

江湖波婉转，我是一流瓶。
心事常封锁，思潮总不停。
逆风时感世，顺意偶忘形。
鸥鹭闲为伴，何须望北溟。

其四

云白何须买，阳光不必租。
心才萌旅意，梦已在征途。
逐浪舟随远，戏鸥情岂孤。
闲题凭一笔，直拟向蓬壶。

夏末闲笔（八首）

其一

月光方退隐，霞色入吟瞳。
清脆一声鸟，悠闲几缕风。
江怀犹坦荡，山意不朦胧。
沣沛思潮起，些些叠韵中。

其二

小船飘荡去，浪起两三峰。
草懒花犹懒，云慵人亦慵。
萦怀千滴雨，入耳几声蛩。
偶有闲情至，沿江觅鹭踪。

其三

雨霁虽添爽，熏风不肯降。
鸥声传若许，燕影渡成双。
笔锁几行字，心开一扇窗。
闲云真解意，相伴醉清江。

其四

听雨灯窗下，翻书识古仪。
但钦千里足，更敬五羊皮。
多彩风云变，无情岁月移。
杯茶消暑气，丽日梦中期。

其五

株株园草瘦，朵朵浪花肥。
柳色虽常见，山光已久违。
隔帘听骤雨，入梦沐斜晖。
心底似期待，长天大雁飞。

其六

推窗驰远目，攸忽日偏西。
天际红霞漫，枝头倦鸟栖。
清心何必寄，俗事自无题。
但信轻松步，前行不借梯。

其七

轻云常欲剪，小棹每思偎。
往事忆些个，流光斟几杯。
梦长堪接月，心淡不争魁。
纵目迷天际，斜阳印一枚。

其八

小坐芸窗下，流年欲剪梳。
雨声淘浊耳，灯影照闲书。
柳上藏麻雀，心中思野庐。
此情应共酒，再佐一盘蔬。

岁末闲题（二首）

其一

严冬登塞北，万物耐高寒。
喜雪纷纷白，怜梅烈烈丹。
诗肩如柳瘦，心境比天宽。
回首流年事，思潮荡小澜。

其二

桥上新霞泼，窗前旧雪闲。
情怀迷岁末，笔迹走诗间。
白发悲明镜，清眸喜远山。
时光真任性，一去不回还。

忆中闲笔（四首）

其一

闲中忆旧游，岁月度悠悠。
梦逐逍遥雁，心随散淡鸥。
雨风磨意境，山水养诗眸。
前路知宽阔，芒鞋踏自由。

其二

回味经年事，驰眸夜幕低。
海边螺有梦，天际月无题。
赏翠怜芳草，听吟枕碧溪。
高山流水处，信可共灵犀。

其三

凝眸窗外雪，思绪转江南。
湖上飘微雨，山头荡薄岚。
五光凭笔剪，十色用心探。
虽说诗无彩，欣然梦叠蓝。

其四

徘徊灯影下，寂寂忆秋光。
风共蒹葭舞，云沾菡萏香。
名园拈翠柳，古镇倚修篁。
挥我心情笔，纵横岁月廊。

游蒋氏故居有题

门环轻一叩，史迹到眸前。
石径苔犹重，秋花韵自鲜。
新岚飘若梦，往事散如烟。
回首雨遮处，妙高台上天。

谒张学良将军幽禁地

微雨黄花湿，苍苔小径深。
此时多鸟语，无处觅云襟。
枉担风偬事，空老月明心。
槛外青山好，悠悠旧梦沉。

虎峰岭白桦林拾句

清凉溪作伴，高雅远尘音。
虽有冲天势，常怀不世心。
纵情听岁月，放眼读浮沉。
难老大山梦，风霜任蚀襟。

虎峰岭蚂蜒河源头之千年老树

惯听山虎啸，汲取月之魂。

苍石笑参叶，清河好养根。

深思知淡定，长抱叹雄浑。

愧我无词笔，风前漫抚痕。

登名山哨所望江感怀

登高读浪花，万里看新霞。

今古泠泠梦，浮沉粒粒沙。

云裁堪纵笔，尘浣可飞槎。

许我为山草，青青系远涯。

春（二首）

其一

但望琼田阔，应怜小草新。
东风开柳眼，皎日暖花唇。
诗播一犁雨，心除万斛尘。
山河颇有势，振梦自精神。

其二

时来款款风，香泛花之海。
燕影舞如诗，柳丝飘若带。
经常看茏葱，偶尔听澎湃。
世界任喧嚣，吾心吾主宰。

煮　雪

一夜轻飘洒，晨来旋旋狂。
如花千万朵，叠韵两三筐。
燃热炉中火，煮红心底章。
笑听风漫舞，笔头浑不凉。

草原牧户作客（二首）

其一

呼伦原野阔，绮梦与云通。
茶煮乡情味，酒斟民族风。
牛群颇散淡，草色恁葱茏。
到此心情牧，才知天不同。

其二

一望浑无际，平畴接远空。
白羊闲卧草，红马啸驰风。
日影移毡外，云花落酒中。
愿将心底梦，来共月玲珑。

七律选一百零四首

乙未生日闲笔（十二首）

其一

时光刹那入新冬，依旧嚣音喧闹中。
垂柳摇残千片绿，斜阳抖落一身红。
常将拙笔勾长路，偶遣清心逐远鸿。
浩瀚江湖波浪险，小船往事已随风。

其二

芳辰告老恰交逢，一段曾经槛内封。
剪朵闲云吟快乐，握支醉笔远疏慵。
思维时转怕生锈，脚劲常提恐放松。
心许烟霞江海处，诗情信可浴从容。

其三

冬风遣冷过轩窗，伫望云楼疑玉幢。
漫拾朝花香淡月，轻裁夜雨涨清江。
诗肠每得霞光润，酒胆常由山色降。
携梦南行寻绿意，奚囊韵满两肩扛。

其四

荻花虽老梦参差，舞到黄昏入小词。

撩动游心千里远，放飞思绪万般驰。

水长流碧能相共，城近浮尘不适宜。

对镜何须愁发白，踏山玩月信无迟。

其五

落日长堤不可违，流云情共浪花肥。

应知鸥梦通渔梦，许晓星辉分月辉。

草路余香时促笔，诗怀渐冷欲加衣。

涛声一段心中过，素手轻轻拾叶归。

其六

虽是风吹柳梦低，西窗犹有雀儿啼。

轻云漂白旧思想，弯月勾凉新主题。

人事从来须代谢，世情自此任凄迷。

吟朋相约斟山色，醉看闲舟渡小溪。

其七

钩沉往事忆成堆，中有烟飞不可追。

似水人情常泛滥，如山世故更崔嵬。

几番梦里寻修竹，一度风前咏落梅。

行过红尘凹凸路，素心愿与夕阳偎。

其八

韵海常思试笔初，裁花剪草炒词蔬。

十年未得其中味，一句难酬案上书。

曾借轻舟犁浪远，也凭青眼看云舒。

此方世界多精彩，检点情怀叹不如。

其九

西风狂甚老青梧，纱掩芸窗月影孤。

思绪何须缠旧岁，尘襟必得洗澄湖。

水于流处心无竞，云在闲时梦不枯。

千里诗程重起步，一支秃笔画新弧。

其十

平仄拈来任我差，所思片段漫云阶。

娥眉清浅难如月，鬓发稀疏却省钗。

三径诗花香扑句，五湖情藻碧盈怀。

寒风吹冷经年事，折叠心笺寄远涯。

十一

萧飒风欺弦月纯，桥头灯影炫清晨。

欲封旧稿千张梦，思洗诗心一斛尘。

谈笑鸿儒堪共酒，往来野鹤可为邻。

喧嚣窗外难干扰，山水萦怀最养真。

十二

平生山水看殷勤，灵感常常借几分。
秋色多情偏弄笔，时光无赖乱堆纹。
静观霞倚斜阳热，忍听风摧落叶纷。
烟搅俗尘由混浊，诗芽破土自清芬。

古梨园赏梨花

百载无邪不浪夸，清风伴我访仙家。
如云朵朵承莺语，若梦摇摇共早霞。
寂寞凋零迷槛外，相思怒放向天涯。
虽然身在红尘里，未使心沾一点瑕。

晨起走笔

阑珊夜色倦彷徨，星闪云移向远方。
身立窗前生寂寞，情余梦里觉迷茫。
鬓霜点点沾新镜，月影弯弯补断章。
炉火燃烧心渐暖，烹些诗句寄朝阳。

随笔涂心情（四首）

其一

吟笺盘点未嫌贫，宁愿诗情累自身。
懂月缠绵桃梦浅，知风慷慨柳眉匀。
眸深索看悠闲境，市闹求为散淡人。
玩水玩山真我意，三千往事任嶙峋。

其二

不是情偏诗酒茶，劳生到此卸名枷。
吟灯点亮心头梦，怀笔涂红窗外霞。
几叠陈笺题世界，一杯故事说天涯。
江湖寻岸时迷惘，回首堪怜鬓上花。

其三

病中寂寂倚轩窗，缥缈星空一点光。
五十余年愁雪鬓，三千小字苦吟肠。
心情锁起犹存热，记忆翻开已泛黄。
多少寒风多少雨，迷蒙前路觉苍凉。

其四

晴日当空未觉痴，鸟声隐隐落花枝。
几分柳意难临近，一片云心懒驾驰。
病笔沉沉提不起，诗情淡淡叹无思。
风吹脏腑多忧患，半部人生已透支。

感　冒

渐暖东风忽又寒，病肩未敢换衣单。
长街浊气生咽痛，大树枯枝摇梦阑。
一阵高烧疑世外，几番止渴似云端。
朦胧过后还原我，望去乾坤眼界宽。

戏　笔

纵是悬壶梦不斜，无非尘海小浮槎。
心堪戏水同鱼乐，梦可通云共月嘉。
老胆收藏多宝石，枯肠排遣少新茶。
人生风雨皆尝遍，一个俗婆难算花。

自　题

一抖肩尘世事轻，双眸自在看云行。
玉钩可挂千寻梦，卓笔思题万种情。
霞色先裁心不暗，山光再剪韵多明。
从今自信逍遥步，且赖天宽与地平。

闲　笔

因思济世梦婆娑，漫步生涯那段坡。
本草千回寻妙药，杏林几度觅青萝。
才疏收获良方少，心懒偏移碧水多。
从此扬帆词海上，清风细雨笑相磨。

重阳有寄

凭窗每见叶离枝，慨叹光阴难把持。
心怨秋深云脚快，愁牵天远雁痕迟。
犹将梦叠山高处，更遣情填月缺时。
消息偏从别后少，一回探问一回痴。

自嘲戏笔（二首）

其一

道骨愁修一笑之，曾经几度梦参差。
西风卷处秋心动，明月弯时思绪驰。
望觉瞳浑难剪水，照知面老失凝脂。
天真幸好未丢却，依旧从容赋小诗。

其二

爱着如秋五色衫，银丝一缕系平凡。
人情浸腹但尝辣，世味沾唇犹感咸。
近水近山心自喜，见贪见腐口难缄。
九回肠里诗常搅，城市嚣音未许掺。

佳节未登高有题

应是东篱菊泛金，许将雅意寄高岑。
思深觉少凌云气，望远偏凉捧日心。
但恨西风欺树胆，犹愁阵雨湿山襟。
难抛几盏重阳酒，搅动诗肠竟不禁。

初夏游横头山

山多棱角景无平，一路蛙溪相伴行。
白桦林中寻旧梦，杜鹃谷里撷新晴。
看花得意逍遥绽，听鸟开怀散淡鸣。
笑倚栏杆驰远目，诗心未老逐云轻。

清明祭祖思母亲

别去廿年何叹长，音容早已住心房。
东风吹老坟前树，往事题为云外章。
三碗醇醪酬土地，一声问候寄天堂。
须将记忆常修补，慈母恩情自不凉。

岁末留题（十五首）

其一

流失光阴又一年，几多回忆在屏前。
清心但许风云避，拙笔唯求山水牵。
了了无非皆若梦，空空不过尽如烟。
任凭世界婆娑也，聊做悠哉散淡仙。

其二

窗外寒枝曳寂寥，一怀思绪漫凌霄。
纵眸风雨愁行路，驰笔江河笑折腰。
梦染星光曾浪漫，情随冬色也妖娆。
但求尘俗无侵扰，修得闲身不上朝。

其三

流年转瞬竟相抛，诗与轻舟却似胶。
笔底风光常醉舞，棋中世事也闲敲。
时将乐趣遣天际，偶许愁丝系发梢。
尽管心情多散落，但留脚步记坡凹。

其四

秦皇汉武认征袍，宋祖唐宗识剑刀。

三径风清围鸟语，五湖水碧泛云涛。

江山万里知谁属，日月千年依旧高。

历史原来多样本，且行且演竟无逃。

其五

尘间无处觅烟萝，难问流云为什么。

新梦思来心惨淡，旧笺读罢泪婆娑。

多形世态常回避，缺叶秋花总欲呵。

记忆层层装在匣，浮生棱角尽消磨。

其六

麻雀窗前簇雪花，几分烂漫又无邪。

情怀坦荡他如我，世事迷蒙我似他。

岁过之愁应叠减，瓶存的酒要相加。

人生快乐殷勤种，待到春来可发芽。

其七

整理流年夜正凉，隔帘不见月之光。

几多往事愁回忆，些许心情费丈量。

遣梦何须求结果，题花或可暗生香。

寻诗莫道无灵感，山水相酬一笔长。

其八

一夜风呼雪满城，车迟人缓并晨行。
还原点点清凉气，过滤些些嘈杂声。
天际多云遮月影，枝头有鸟话心情。
凝眸前路时交错，脚步从容莫问程。

其九

莫愁一岁又凋零，夜静轻开记忆瓶。
山色新奇思买断，湖光典雅喜曾经。
窗前待月浑无歇，灯下攻诗亦未停。
门外虚名知我淡，此生原是小浮萍。

其十

岁云冬矣衬天澄，病里情怀遣不能。
枕上陈笺温似梦，天边弯月冷如冰。
思潮滚滚奔千里，往事沉沉揭几层。
夜半微咳难入睡，浊眸无力对孤灯。

十一

何须朝夕羡王侯，风雨之中竞自由。
岁月欺人怜短鬓，湖山得趣欲长游。
任他流去千江事，信我能为万里鸥。
但许心情云漫载，远天落日一回眸。

十二

收拾闲情夜降临，灯前独坐数晴阴。

一支拙笔裁风月，十载清怀融古今。

踏浪仍然牵绮梦，看山依旧动芳心。

岁痕漫抚由深浅，槛外烟霞着意寻。

十三

雪花十月下江南，遍访湖山笑已贪。

信步苏堤牵雨手，回眸西子戴云簪。

俗尘抖落有千百，好句飘来岂二三。

盘点经年些许事，此心且喜共天蓝。

十四

卜得红尘上上签，奢华远却守清廉。

一些往事临屏遣，几朵闲云信手拈。

心底相思匀柳色，梦中寂寞对冰蟾。

浮生挚爱真山水，俗世喧嚣渐隔帘。

十五

俗尘杂事懒相掺，愁品些些世味咸。

且任琴心怜雪意，但凭词笔剪云衫。

天寒笑饮茶三盏，夜永思扬梦一帆。

漫拂年轮生感慨，青山碧水养平凡。

秋怀（十五首）

其一

凭栏笑看起长风，浪叠涛声漫向东。
鸿雁飞时晨露翠，渔舟横处晚霞红。
几分淡泊云堪接，些许安宁菊可通。
盘点流年何所剩，一支秃笔剪梧桐。

其二

也曾浑噩一天钟，旧事翻开寻几宗。
留点心情匀月色，遣些思绪过山峰。
隔帘且喜多晨鸟，入梦何愁有晚蛩。
但使余生宁静好，不求霞彩掩平庸。

其三

高山访罢访清江，寻梦芒鞋试几双。
烟雨一蓑尘许避，风云万里浪堪降。
但凭冷月欺心境，且任寒霜皱面庞。
往事经年收不必，笑看柳叶落轩窗。

其四

断续秋声早适宜，病肩尚可雨风披。
黄花的梦黄生幻，红叶之心红出奇。
有变人情常懵懂，多形世路总迷离。
玩山玩水真我意，云外烟霞许忘机。

其五

西风落木剪芳菲，水冷山凉雁已归。
欲寄相思怜鹤瘦，但抛寂寞钓鲈肥。
霞翻枫叶多情舞，雪拥芦花自在飞。
莫道此时心觉老，笑斟菊酒对晴晖。

其六

风冷闲花野草疏，天高且看淡云舒。
肃霜点点洇红叶，零露些些浸晚蔬。
窗外尘飞迷旧路，案头灯亮读新书。
心情几许清江遣，诗思默默聊寄渔。

其七

云影多形月影孤，小船载梦走江湖。
一年风景情常伴，千里征程酒劲呼。
心意难担愁菊老，诗眸不忍对荷枯。
此身依旧红尘里，冷暖阴晴也在乎。

其八

一入高秋有话题，天光水色可相提。
月升月落堪驰笔，云卷云舒不借梯。
梦里欣然黄菊近，醒时任尔玉绳低。
旷怀许共苍山老，诗耳无尘听小溪。

其九

露点黄花霜作钗，梧桐叶落漫园阶。
枫红山顶千林薄，云白天涯一月乖。
碧水知舟潮不起，金风有意雁为差。
诗情避得流年雨，借此高秋笑放怀。

其十

秋深木落淡云堆，花抖精神未许颓。
逝水奔流波缥缈，残枝摇曳鸟徘徊。
遣些心意相思路，剩点诗情寂寞杯。
野色岚光时约笔，经年往事任风摧。

十一

窗外云高淡又纯，心潮漫遣到松滨。
雁声已远芦花老，蛩韵时传菊梦新。
烟覆人情知可假，雨蒙世相辨难真。
偶思最是武陵好，溪畔天长堪寄身。

十二

雁于天际许成群，菊共高秋得意云。

渔桨摇波情碧碧，山枫燃火梦殷殷。

素心盛露思千里，俗事经霜遣几分。

秃笔难题霞外句，红尘万象渐氤氲。

十三

花开花谢总归元，纵是霜欺未许烦。

一棹骄阳凭浪打，漫山红叶任风翻。

诗眸闪烁怜云畔，思绪翩飞到菊园。

但觅方舟天际去，烟霞深处隐桃源。

十四

十里蒹葭不忍观，相思渐老寄犹难。

丝垂柳影三分瘦，船踏波光万顷宽。

入夜蛩吟声落细，隔帘月冷梦生寒。

但求此刻心如海，莫使诗情早涅槃。

十五

高远秋云淡又闲，西风折柳梦难弯。

任凭往事飘千里，未许心情生一斑。

偶闪清眸观碧水，时拿拙笔点苍山。

悠悠诗路知能步，纵有荆丛信可攀。

端午游植物园

为赋端阳寻好笺，青莎漫踏趁晴天。
一湖碧水浮云梦，几缕熏风弄柳烟。
花落阶旁怜寂寞，鸟栖枝上喜缠绵。
凭栏嗟叹千年事，浩瀚红尘已境迁。

于母校参加中医类别全科医师转岗培训课间作

校园绿涨任徜徉，往事嶙峋小路旁。
杏海当年求古训，书山此刻采新方。
浮沉世象仍难断，虚实人心犹费量。
未觉熏风撩乱绪，茫然回首碧天长。

散碎心情四首

其一

任尔光阴不讲情，焉愁几许皱纹横。
鬓苍可采秋兰佩，心阔能容野棘生。
何必人前呈傲气，无须身后录虚名。
仰天日月东西走，笑向江河慢濯缨。

其二

一窗冷雨暂停时，伫望长天思绪驰。
但数年轮真若梦，漫吟世事未成诗。
青春笑作风霜本，白发怜为岁月资。
豪气消磨无几矣，空将秃笔手中持。

其三

闲云淡淡与秋谐，风落梧桐鬓上钗。
尘里是非君调遣，诗中平仄我安排。
山生绿色投青眼，江涌清波抒赤怀。
万古愁消凭一醉，悠悠得梦到天涯。

其四

莫笑庸人学散簪，清贫一路喜无贪。
慕君酒好吞沧海，怜我情深胜碧潭。
心境犹需删俗垢，诗眸且待觅澄岚。
江湖深浅皆为客，岸在何方信自谙。

秋日随笔（四首）

其一

雨霁秋光渐着迷，闲云久慕任东西。
俗尘太重双肩卸，明月偏轻一笔题。
诗境长宽情不窄，天涯高远梦难低。
江河与我灵犀共，弄棹何须学范蠡。

其二

小园信步逐斜晖，又惹闲思向远飞。
心老依然迷菡萏，笔痴焉可负蔷薇。
无求世外寻桃境，但欲山中叩竹扉。
纵遣情怀三径去，身边鸟语莫相违。

其三

纵然疲惫任肩扛，懒用胭脂涂面庞。
健足常常驰峻岭，尘心每每浣清江。
鬓添白发休回首，笔走真诚未作腔。
灯下闲情翻旧梦，几声秋雨入芸窗。

其四

不耐世情麻辣咸，归心早已属渔帆。
一壶老酒斟新句，千里清江洗旧衫。
夜幕常掀月淡淡，晨风漫送燕喃喃。
笑观浪拍鱼儿梦，洁耳云淘不听谗。

游海南尖峰岭及天池随想

山势尖尖信可探，野花豪放岭头簪。
风摇椰影波生翠，心动天光梦自蓝。
百尺惊栏愁拍遍，万重浩雾醉吟三。
等闲一笑浮名事，回首红尘说不堪。

黑水畔爱国石有思

家恨绵绵共国仇，崚嶒一石记春秋。
铁蹄踏碎关山月，烽火燃红边塞愁。
小棹犁江江不老，新风吹梦梦难休。
诗心暂泊沧桑岸，忽过云边几白鸥。

宝泉岭尚志公园怀赵尚志

芳草欣欣绿意浓，引人思绪漫长空。
烟笼黑水遮明月，马骋青山驾疾风。
陈酒应能酬旧岁，苍天未肯老英雄。
一支拙笔难提起，回首晴霞映梦红。

过京都大觉寺不入有题

落叶西风未觉凉，木鱼声响入苍茫。
信多闲鸟惯听梵，知有轻云懒逐香。
坦荡奚囊秋色满，婆娑世界梦痕长。
浮尘若许频清扫，心海莲花自泛光。

晨起心情小记

几许晨风未觉凉，长天如洗泛霞光。
一帘淡梦轻轻卷，半盏残茶静静尝。
昨日情怀归老酒，此时笔力断新章。
漫翻往事重思索，依旧清心碧水旁。

病中闲吟（四首）

其一

春寒透骨力难禁，天际流云无意寻。
几许诗情融白雪，一些思绪接青岑。
拭眸每每期明月，洗耳时时听好音。
半盏清茶于左右，病怀终负案边琴。

其二

杨柳窗前待拱芽，东风槛外剪浮华。
诗心俗少能耽梦，病骨尘多未结痂。
寂寂山怀春影近，悠悠云路燕声遐。
思潮漫卷知何遣，笑看长天一抹霞。

其三

雪掩冰蟾梦不真，鸟声隐隐耳边纯。
欲裁云朵寻无处，却遣思潮到水滨。
涂药灯前怜骨老，凝眸槛外感风新。
心情一段何其冷，待有晴霞馈早春。

其四

飞雪凝烟风助歌，远山春事竟蹉跎。

但思明月悬新柳，更盼晴霞煮碧波。

梦叠心头须慢理，尘浮膝上赖轻搓。

诗可修身休急躁，伤愈推门再踏莎。

题青山抚琴

一童一叟一张琴，雅韵青山信可寻。

浪漫松声淘俗耳，逍遥云影渡清心。

苍岩皱叠千年梦，翠鸟情传万里音。

静倚亭栏迷望眼，听溪婉转倍深沉。

感于中华女子诗词微群建立

消息全凭一线传，时逢塞外雪飞烟。

裁花自有玲珑手，披雨焉无坦荡肩。

词笔千支明月梦，春风万里丽人天。

清宵把酒须争醉，但摘闲云好作笺。

偶　感

世界多棱一笑之，临窗思绪又难持。
愿为碧海迎霞客，不写红尘媚俗诗。
明月情怀新燕懂，青山往事老松知。
苍凉心境凭风拂，放眼春登杨柳枝。

春分闲笔（二首）

其一

槛外已将春色分，小窗寂寂印朝暾。
三千水意浮云梦，十万山花捧月痕。
新笔修裁期寄远，旧笺整理待封存。
前方铺满青青草。且带诗心早出门。

其二

才放阳光忽又阴，窗前渐觉雨来临。
萌芽春色茫然暗，跳跃诗情刹那沉。
十里桃香香在梦，千丝柳翠翠于心。
云边幸有烟霞隐，牵我清眸越远岑。

雨中过三道关一线天

雾溪清澈少波澜，雅客临流笑濯冠。
苔滑何愁迎小雨，风熏焉惧步层峦。
三关路尽心中爽，一线天开眼界宽。
回首青山伸两臂，诗情浪漫遣云端。

丛台公园怀古

轻叩残墙欲探询，古城往事转云轮。
风烟迹散寻无影，将相形消叹绝尘。
逐水心情偏淡泊，登台脚步自愁辛。
湖边诸榭聊回望，鹊渡清波岸柳新。

礼贤台前随感

千年故事落湖滨，几许迷离几许真。
天女多情怀绮梦，杜郎至孝立诚身。
凝眸难辨风云迹，信手轻弹岁月尘。
此际登高聊一祭，礼贤台上礼贤人。

魏祠公园信步

夭桃小杏散清芬，古树湖边瘦不群。

几叶闲舟摇浪漫，千年霸业化氤氲。

抚墙似隐风霜影，探石犹存岁月纹。

小草青青阶两畔，回眸天际渡流云。

参观八路军一二九师旧址有题

迎眸旧址小村西，杨柳垂丝梦自齐。

斑驳房檐听雨苦，沧桑石径忆风凄。

战旗漫卷荡烽火，山色迷蒙覆马蹄。

心境茫茫思绪远，沉沉脚步度长堤。

随　笔

近觉思枯笔亦闲，偏因听鸟到窗前。

几分往事流云载，一段心情明月牵。

花蕊悠悠耽绮梦，柳芽款款吐新篇。

旧伤难阻踏春步，微笑倾眸槛外天。

敦化采风留笔

肩扛诗笔访斑斓，史迹苍苍漫透寒。
六顶山头金佛坐，千年墓穴玉陶残。
花开岗子风吹梦，石卧沙河马歇鞍。
思绪悠长牵古老，回眸万里碧天宽。

六顶山正觉寺有拾

未负乘车千里行，登临恰遇午霞晴。
香烟袅袅云边绕，正气悠悠槛内清。
山顶风吟经梵语，湖中浪叠木鱼声。
放眸绿色接天际，忽觉尘心刹那轻。

五四晨起留笔

岁痕虽已覆青春，无悔平生坦荡人。
常在山中听鸟语，每于水畔浣襟尘。
当年理想千般醉，此刻诗心一片真。
几许思潮遣云外，阳光泼洒染清晨。

夏夜闲笔

今宵暑气十分黏，汗水淋漓湿布衫。
寂寂楼头藏燕影，茫茫天际隐云帆。
人情照旧多些辣，世味依然有点咸。
灯火长桥音杂乱，诗怀守静未相掺。

夏晨闲笔

晨风几缕透窗纱，望去长空月影斜。
欢快雀儿啼绿柳，悠闲燕子逐红霞。
此时心境宽如海，昨夜诗情散若沙。
一阵轻松飘忽至，但将琐事付清茶。

写在重阳

何惧泠泠九月霜，清眸最喜览苍茫。
山堆秋色情难老，溪载霞辉梦不凉。
笑对西风斟菊酒，醉拈野句缀茱囊。
鸟声散淡淘尘耳，漫遣思潮向远方。

秋　意

一段时光雁翅驮，情怀难舍大江波。
柳梢旧事风梳理，天际轻云雨打磨。
闲看清宵帘月冷，漫听古老菊花歌。
为求诗境浑无杂，且向高山觅薜萝。

听闻今年哈尔滨菊花展移至中国亭园

一别南山何处家，几番抱梦转天涯。
篱边瘦蕾怜新笔，溪畔幽人醉泛花。
素色同心心自洁，金风在路路凭斜。
秋情布满亭园里，陶令杯高斟晚霞。

随笔（八首）

其一

平生无意做鳞毛，陡起闲思又一遭。
消化红尘怜体重，吸收紫气喜山高。
江湖澎湃心求静，岁月嶙峋梦远劳。
纵有诗情难放大，唯余病骨觉犹豪。

其二

鬓上无花雪作簪，江河潮冷病肩担。

世情表里知肤浅，诗字横斜少内涵。

过往风云随梦逝，未来岁月盼天蓝。

时光有意催人老，五味红尘品再三。

其三

曾赶时髦学减肥，步行日出又斜晖。

素餐清爽三番咀，厚味飘香几度违。

十载功夫真有效，一身惰气竟如飞。

而今世事觉沉重，心若轻松应识微。

其四

灯影迷离月影凉，一帘旧梦锁寒窗。

心波浩淼流千里。往事徘徊忆几桩。

雨厉何愁丢竹伞，泪咸不忍别春江。

光阴难老儿时谊，尽管风多皱面庞。

其五

思绪窗前漫向东，浮云缱绻渡长空。

清心常沐悠闲雪，明眼时迎散淡风。

坦荡生涯无抑郁，深沉足迹不朦胧。

五湖烟水南山菊，只在苍凉一梦中。

其六

不忍晴空出雾霾，北风一度冷诗怀。
逐云心境三分淡，载梦琼花几许乖。
世象迷蒙藏笔管，烟霞浪漫放形骸。
远山月色愁相忆，唯有真情寄老槐。

其七

长天细雪正凄凄，车影迟迟灯影迷。
遣却吟怀犹有梦，思来往事尽无题。
一些豪放归清酒，几许柔和属小溪。
叠险江湖多浊浪，心情此刻比云低。

其八

双肩不耐痛相磨，但遣心情听老歌。
岁月乘除尘未少，风云加减梦犹多。
沧桑消耗千般气，往事生成万朵波。
无奈青春攸忽去，病怀枉自叹蹉跎。

附：五排选四

春 柳

虬根扎故土，命运不须占。
曳曳情千缕，垂垂梦一帘。
轻摇腰楚细，漫抖雨廉纤。
几只晨莺戏，三分暮色沾。
忧伤藏叶底，喜悦挂眉尖。
近立陶门外，远离官屋檐。
花凭风剪去，魂任水相淹。
绿意萦怀抱，清香绕鬓髯。
灞桥来往客，折取苦中甜。

随 笔

诗情攸忽起，怀旧涌思潮。
考古临秦汉，交朋访吉辽。
春风裁几缕，秋雨剪千条。
心入桃花梦，笔勾杨柳腰。
凭栏听故事，拈草赋童谣。
碧水颇堪逐，闲云可共聊。
山高焉怕险，酒烈不辞瓢。
长短人生路，浮沉岁月箫。
青丝由变白，傲骨莫期骄。
载月江河去，向渔还向樵。

入中华诗词论坛八年有感兼贺论坛十周年

铿锵行八载，晨旭又斜晖。

遇韵轻轻拾，逢愁浅浅挥。

人情云淡淡，世事雨霏霏。

万缕寒烟瘦，千回明月肥。

名花由灿烂，闲草自芳菲。

笔可驰沧海，心曾歇翠微。

风清凭喝彩，赋雅许分辉。

智者争长短，愚吾远是非。

襟怀终得阔，诗业未相违。

更有多姿梦，翩翩正起飞。

咏丁香并贺丁香诗社成立两周年

淡淡花开好，清幽倚水滨。

霞光枝上点，月色叶中匀。

万朵情犹烈，千年韵更真。

风轻吹紫梦，雨细湿红唇。

小巷留深意，高怀脱俗尘。

欣欣迎雅客，落落结芳邻。

旖旎堪裁句，娉婷岂蠛蠸。

常耽莺语润，惯听燕歌纯。

醉逐行船浪，香迷舞笔人。

诗眸痴望处，一个陆离春。

五绝选十三首

呼伦湖拾句（五首）

其一

天接呼伦梦，扶舷驰远眸。
尘埃浑抖落，心境不输鸥。

其二

万顷呼伦浪，迎眸泛翠霞。
浮名尽搓去，诗境不掺沙。

其三

呼伦波浩渺，如海望无边。
笑指临云处，闲鸥浴远烟。

其四

清波浮故事，惹人思绪飞。
汤汤多少梦，皆同碧草肥。

其五

心泊湖之岸，思潮逐远波。
草原恁辽阔，许我放怀歌。

谒农安金刚寺（四首）

其一

宝刹巍峨甚，黄龙梦自骄。
香炉烟袅袅，直入九重霄。

其二

参禅三五树，风里自修形。
小鸟枝头坐，凝神正听经。

其三

雨湿莲花梦，风过草自迷。
听经时已久，老树幻菩提。

其四

与塔同参月，苍凉梦远涯。
木鱼声净耳，心自远浮华。

安达农家行吟晨起散步（四首）

其一

朝霞升缱绻，凝望感苍茫。
风摇田野梦，秋来岁月香。

其二

迎霞放鸭妇，赶月牧羊人。
绿色心情浴，和谐一个晨。

其三

花朵迎新日，草儿伸懒腰。
鸟声田野渡，诗意盼妖娆。

其四

初黄苞谷穗，曳曳最牵眸。
希望丝丝结，盘成爽朗秋。

七绝选四十五首

南行随笔上海（四首）

外白渡桥

几分沉重晚风中，梦里相思觉不同。
摆渡流年多少事，凭栏心共雨蒙蒙。

老城隍庙

古朴房檐一首歌，几多风雨漫消磨。
临街店铺谁盈利？岁月燃烧香火多。

夜观外滩

浦江叠雨浪花高，对岸明珠破碧霄。
如织游人争拍照，笑声漫过外婆桥。

七宝古镇

碧水乌篷一片霞，小桥边上有人家。
相携三两忘机友，斜倚轩窗慢品茶。

农家小院拾句（四首）

其一

百合迎宾火样怀，旱莲自觉列成排。
青葱一垄夺诗目，入句欣然几困柴。

其二

柿红茄紫各含情，绿意缤纷鸟自鸣。
几样花儿开若梦，尘心到此豁然轻。

其三

烹羊下酒已三巡，天际轻盈月半轮。
醉里东西南北客，今宵且做忘形人。

其四

乡村晨梦倍清幽，侧耳聆听鸟语稠。
田野无尘天际接，闲云几朵净诗眸。

开网亭引思

如月情怀梦淡然，西湖水好远波澜。
君前一望心开释，无网生涯万事宽。

醉翁亭

千载相逢雨做媒，销魂梦里几徘徊。
今朝解得醉翁意，山水一杯诗一杯。

登琵琶亭（二首）

其一

故事千年已泛黄，琵琶一曲断人肠。
轻轻走进秋娘梦，感受当时那段伤。

其二

岁月琵琶别样弹，轻音袅袅入云端。
一分小雨一分泪，白傅青衫犹未干。

西施亭前漫思

当年风烈梦难留，为国心埋点点愁。
莫道归来余恨少，美人羞泛五湖舟。

沧浪亭

无价清波无价风，濯缨恰遇雨蒙蒙。
千竿修竹千竿梦，摇入时人思绪中。

横头山拾句（四首）

蛙溪畔听溪

步过山门是远坡，小溪一路尽情歌。
平添逸致非他属，快遣诗心叠翠波。

醉红亭小憩

一路行来汗湿襟，红亭小坐远嚣音。
漫山葱翠天然氧，抖抖肩尘歇歇心。

鸟语峰远望

半山红影半山青，云白天蓝洗性灵。
起伏鸟声无杂念，心归槛外梦多形。

杜鹃谷信步

树缀相思草不愁，花儿有梦共绸缪。
清音漫谷难为和，绝句攒成聊作酬。

金上京拾句（二首）

其一

古城墙上草新鲜，词客登高望远天。
霸业风干何处觅，燕衔故事到云边。

其二

马跃江河剑舞沙，铜杯陶碗忆繁华。
空余多少帝王梦，回首天边一道霞。

海东方公园拾句（二首）

雕塑前

梅花三角烂漫开，驼荡椰风笑扑怀。
岸上千家知有梦，涛声万叠共和谐。

大海边

海色澄蓝不用租，芳洲隐隐有还无。
未来岁月多新梦，沙作温床天作庐。

雨中游鹿回头公园（二首）

其一

登临不觉叹悠悠，沧海波牵山尽头。
故事千年依旧美，动人最是一回眸。

其二

归来一路绿萋萋，细雨蒙蒙燕子低。
爱在心中怜小鹿，回眸那刻化无题。

登铜鼓岭

椰风漫度鸟声柔，绿意山间脉脉流。
脚步才惊蝴蝶梦，月牙湾影又牵眸。

宋氏祖居

燕子楼前说不停，缤纷岁月转凋零。
风云久远人何在，槛外高山依旧青。

石梅湾拾句

别样清凉大海波，咆哮不见显温和。

心情到此随安静，块垒纤尘一并搓。

太阳谷拾句

绿梦椰摇水载霞，几分幽静路横斜。

同行伙伴纷纷浴，一叶轻舟笑戏沙。

海棠湾拾句

绿草茵茵衬碧天，海风温暖笑披肩。

诗心最是无拘束，总剪云花作薛笺。

题邯郸娲皇宫

悬于峭壁势如虹，千载霜侵雨蚀中。

岁月之痕回首处，苍天依旧起长风。

补天湖即景

天材不慎落红尘，涤净人间若许春。

一镜琉璃浮鹭影，诗心倚岸觅清纯。

游溪口蒋氏故居有题（二首）

其一

袅袅山岚石径围，耳边小雨渐声微。
妙高台上人何去，燕子楼头说是非。

其二

纵眸山色自崔嵬，往事凋零落叶堆。
一阵西风摇远树，朦胧疑是故人回。

秋过绍兴鲁迅故居后园百草园（二首）

其一

名园漫步雨纷纷，百草香迷过往人。
皂荚树前寻旧事，依稀梦落在红尘。

其二

桂花小径满香泥，桑椹枝头鸟自啼。
先生多少童年梦，今来拾起续新题。

秋访三味书屋得句（二首）

其一

老屋门敷岁月霜，高秋来访雨丝凉。
若言三昧谁当最，犹觉诗书第一香。

其二

旧时桌椅旧门窗，渐远之乎夫子腔。
唯有文豪心朗朗，一声呐喊震长江。

兰亭曲水流觞塑像前（二首）

其一

小溪澄澈自弯弯，上有闲云度碧天。
雅集吟家随意趣，一觞一咏醉千年。

其二

千载流觞酒自豪，情怀信是共云高。
今来也坐清溪畔，笑与先贤醉一遭。

秋游绍兴沈园拾句（二首）

其一

小竹青青石径深，残墙墨迹读犹沉。
丝丝雨湿钗头凤，漫浸千年未愈心。

其二

秋蝶翩飞岁月波，伤心桥畔柳婆娑。
惊鸿丽影知何去，吟罢残词泪转多。

秋日微山湖拾句（二首）

其一

荷韵犹存景色殊，余香袅袅散名湖。
蜻蜓难老心头梦，不肯分离向远途。

其二

秋风起舞探荷花，湖上清波渡碧霞。
旧梦依稀山色叠，悠悠耳畔土琵琶。

秋日台儿庄拾句（二首）

其一

几分典雅倚河边，小巷悠长接远天。
旧日弹痕寻不到，桥头杨柳自凝烟。

其二

乌篷轻荡过虹桥，鸟语玲珑下柳梢。
似与游人传故事，英雄舞剑斩蛇蛟。

词选四百零四首

十六字令·四季风（十六首）

春

风，岁序翻开起自东，轻轻拂，梅小梦犹红。

风，剪剪新枝夜色中，疏狂舞，袅袅碧云空。

风，擘柳吹花韵不同，牵丝雨，漫过小桥东。

风，款款田间共务农，怜明月，紫陌梦无穷。

夏

风，湖岸微微夜色溶，荷香送，拂拂月朦胧。

风，解愠阜财一段功，堪怜细，今醉小梧桐。

风，缕缕生凉入户中，扬宏扇，清爽涤心胸。

风，吹得尘埃绝影踪，陶窗里，高卧梦轻松。

秋

风，吹皱芦花梦几重，清香散，江岸送归鸿。

风，斑叶闲敲对夜蛩，流云去，笛韵漫苍穹。

风，又练无情下叶功，相思断，多少梦成空。

风，篱菊吹开酒意浓，新词酿，分与众仙翁。

冬

风，万瓦凝霜冷色浓，如刀利，吹去岁匆匆。

风，积雪千山共老松，犹如箭，呼啸过长空。

风，但冷相思不解封，无情甚，心事一重重。

风，凛冽红尘懒附庸，春归日，新梦自融融。

捣练子·跃进水库拾句（四首）

（一）

离闹市，近清波，几许诗家觅薜萝。
风过稻花摇绮梦，笔临焉得不婆娑。

（二）

抛俗事，且凭栏，远望悠哉几钓竿。
一叶小舟鸥与共，此时疑是到严滩。

（三）

迷碧浪，醉闲鸥，树影犹深荫岸舟。
凝望远天云朵好，漫开心境储金秋。

（四）

金稻熟，碧霞明，一望流波十里澄。
怪得此身迷此境，是因秋色染心情。

梦江南·春草（四首）

（一）

柔香散，翠意渐欣欣。暮色来时情寄月，晨风起处梦披云，世界任缤纷。

（二）

渔舟岸，摇曳醉江天。浪湿青袍犹带雨，风吹雅韵漫凝烟，诗意正娟娟。

（三）

铺春色，泛翠雨来时。坦荡清心同玉叶，婆娑绮梦共瑶枝，香气扑新诗。

（四）

清池畔，往事逐云槎。几许相思牵弱水，十分寂寞曳残霞，但喜卸名枷。

梦江南·随笔（十四首）

（一）

笺已旧，已旧是时空。岁月流沙淘淡定，江湖健笔舞从容，往事任随风。

（二）

明月夜，月夜梦春江。千里波涛争跌宕，几行诗韵涌铿锵，渔唱启新航。

（三）

灯影暗，影暗笔愁提。浮个新词期浪漫，剩些旧梦渐迷离，一笑选无题。

（四）

开心境，心境喜云舒。万里长天堪与共，一壶老酒可同沽，自在远江湖。

（五）

量诗路，诗路净无苔。澎湃江流时畅想，参差世事慢修裁，天际碧云来。

（六）

寻芳草，芳草自欣欣。梦里漫沾霞底色，天涯摄取月之魂，心事寄昆仑。

（七）

思大海，大海梦无边。碧浪千层浮淡月，老船几度泛苍烟，心阔若长天。

（八）

持闲笔，闲笔自逍遥。小画春山如许翠，漫题秋野几分豪，岁月任平凹。

（九）

瞧岸柳，岸柳正婆娑。细浪推沙沙坦荡，小舟枕月月嵯峨，春意梦中多。

（十）

春又雪，又雪隔窗纱。天际虽无千里月，心中自有二分霞，独坐品新茶。

（十一）

闲云好，云好共心清。天境阔时诗境阔，水光澄处月光澄，梦里远山青。

（十二）

春山好，山好鸟啁啾。十里潺湲浮翠影，万枝踯躅舞红绸，词笔竞风流。

（十三）

闲度步，度步漫思寻。诗事须当勤弄笔，尘埃未许乱沾襟，静夜自修心。

（十四）

朝霞举，霞举透风帘。槛外春潮欺拙笔，发间霜色作银簪，往事寄云帆。

长相思·题横头山相思树（四首）

（一）

根相连，枝相连。风雨来时肩并肩，魂牵梦亦牵。　　情缠绵，爱缠绵。望断云涯月缺圆，横头一片天。

（二）

听溪流，看云流。流过苍山春与秋，月明心境幽。　　念无休，梦无休。一任沧桑敷满头，老来情更稠。

（三）

盼莺来，盼燕来。鸟语缤纷落满怀，情深两不猜。　　枝有才，叶有才。翠入诗篇任剪裁，相思花自开。

（四）

共云歌，共露歌。苒苒霞光披一蓑，两情频打磨。　　影婆娑，梦婆娑。摇动横头溪底波，峥嵘往事多。

双红豆·无题（四首）

（一）

说无题，却有题。梦在清清万里溪，天涯月影迷。　　新雀啼，老雀啼。破晓东方试雪泥，春风送马蹄。

（二）

望天空，是晴空。一束朝阳漫泼红，窗前寒柳风。　　思匆匆，叹匆匆。人在江湖大浪中，心宽自有容。

（三）

将云裁，将月裁。修个清纯云月怀，霜丝不饰钗。　　拨尘霾，拨世霾。赚得心轻无病灾，新春绮梦裁。

（四）

情堪珍，笔堪珍。底事频添额上纹？吟笺月一痕。　　山相询，水相询。聊共霞边天际人。诗心不可分。

生查子·秋思（四首）

（一）

江浪自浮沉，秋意知多少。一望荻花飞，再望荷花老。　　心事寄轻云，词笔裁闲草。相约去凭栏，信是无烦恼。

（二）

漫行十里堤，闲看千丝柳。菊影倍堪怜，莫道秋情瘦。　　几缕大江风，一盏斜阳酒。梦向远山怀，系串玲珑扣。

（三）

心底有云泉，梦里寻萝月。灯影寂无声，向晚时明灭。　　已惯冷风扬，但喜尘肩歇。浊眼本迷离，独坐陈笺叠。

（四）

寒意断熏风，宝匣收团扇。梳理旧时光，一笑秋高绾。　　步履自轻松，心境犹平坦。游目远浮尘，头顶何须冕。

楚云深·癸巳末留笔（十二首）

（一）

　　凝眸窗外冰，忽忆江南雨。点点忍轻裁，心底留些许。　　思潮共冷风，但逐闲云去。往事纵成章，杂乱如飞絮。

（二）

　　推开腊月窗，旧岁难回首。纵是皱纹加，不忍天真走。　　情依梦里梅，漫想春之柳。若问解冰心，归燕浑知偶。

（三）

　　又忆撷湖光，更采山之翠。云共鸟声闲，风过波花碎。　　心境远纤尘，不惯斜阳媚。欲效隐东篱，再学刘伶醉。

（四）

　　渐渐又春风，未解心情冷。依旧一窗寒，思向天涯骋。　　不觉入黄昏，拙眼迷灯影。呵手掩重帘，隔断红尘景。

（五）

寒柳自风中，曳曳肩犹弱。拙眼对云花，旧事成交错。　　有梦共烟霞，手与湖山握。淡伫抖微尘，心境随寥廓。

（六）

灯下理陈笺，叶叶难相睹。不耐此时寒，岁月何堪数。　　帘未隔尘嚣，心底思渔父。飞雪濯吟眸，应识春来处。

（七）

新雪动情飞，陈垢精心扫。麻辣俗尘抛，散淡轻音好。　　世象本形多，笔管无题少。落落走江湖，随意拈诗草。

（八）

凝眸云梦宽，拈笔心情远。聊把鬓边丝，独向斜阳绾。　　经年百事沉，岁尾三分遣。寒色也欺人，因怪春风懒。

（九）

云卷共花开，往事低回里。多少已如烟，袅袅萦天际。　　玉镜不怜人，暗把青丝替。也拟借东风，拂我心清丽。

（十）

槛外惹凝眸，几片寒云度。思绪漫天涯，旧梦无寻处。　　一阵北风凉，忽觉心中悟。不过寄红尘，长短人生路。

（十一）

无意斗寒风，辗转流年梦。一点旧心情，聊对斜阳弄。　　凝伫望长天，病笔何堪纵。才剪鬓梢愁，又向眉边种。

（十二）

向往五湖烟，羡慕三山草。着意避尘埃，闲适声声鸟。　　岁月漫飘飞，一段诗情老。心静懒思量，百事无干扰。

点绛唇·初春闲笔（四首）

（一）

残雪消融，玲珑一个冬归去。慢行春旅，恬淡莺啼序。　　柳渐多姿，摇曳新诗句。东风舞，碧云无虑，载我心情语。

（二）

梦倚闲云，飘飘如到蓬莱岛。月清风好，幽静真环保。　　旷淡吟怀，笑做无名草。抛烦恼，漫听新鸟，再把心情表。

（三）

深浅江湖，几分精彩曾澎湃。小船无怠，岁月堪承载。　　一笔轻提，怜蝶飞沧海。行遇霭，又多嗔怪，未使心情改。

（四）

春已萌芽，流年往事飘飘远。欲舒还卷，几朵云花懒。　　有梦缤纷，忽被风吹散。漫裁剪，一些思乱，暗自心情绾。

点绛唇·春山

　　小径青青，野花星布斜坡上。碧溪霞荡，意趣堪分享。　　纵目峰高，天阔云豪放。林莺唱，俗尘浑忘，更喜诗无恙。

点绛唇·春柳

　　眉细腰轻，风缫袅袅凝新碧。梦随春律，织雨销魂极。　　枝上莺啼，聊共心情笔。霞光汲，不添愁色，水畔相思忆。

点绛唇·春雨

　　潜夜无声，湿烟添柳迷江渚。漫洇花语，梦落云低处。　　一浣诗尘，再浣心情渡。裁几缕，笑缠思绪，遣向天涯去。

点绛唇·春江

　　千里奔流，弄珠濯锦从无倦。绿波谁剪，难负多情燕。　　风抹潮痕，约酒桃花岸。斜阳暖，醉听渔晚，笑看浮云散。

点绛唇·春风

动竹吹花，山河万里逍遥走。拂琴裁柳，漫舞修春手。　　扫雾除尘，清气萦襟袖。闲窗叩，但斟新酒，醉里词情瘦。

点绛唇·春草

浴日披云，东风漫拂芽先翠。淡香无际，羞与花争媚。　　牧笛芳洲，把梦轻摇醉。渔舟倚，不须名累，心向天涯寄。

点绛唇·春雪

浪漫飞烟，一时清影迷山色。那般飘逸，淡梦堪怜惜。　　浣却尘心，再濯玲珑笔。将高格，尽融江碧，且自归沉寂。

点绛唇·春月

静守天涯，夜来弯个清凉好。碧怀犹皎，绮梦知多少？　　圆了相思，但许相思老。离尘杳，此心谁晓，错把云儿恼。

浣溪沙·虎峰岭清凉谷（两首）

（一）

奇石多姿野径斜，溪流婉转弄琵琶。山岚袅袅薄如纱。　　望去沧桑钦古树，撷来绮丽咏新霞。清凉国里泛诗槎。

（二）

蚂蚁河长梦不休，虎峰岭上隐源头。石苔深浅叹悠悠。　　但掬波光先润笔，许匀霞色再清眸。几分思绪遣云楼。

浣溪沙·怀念（四首）

（一）

遥望长天月影清，云边寂寞漫倾听。些些心意不堪呈。　　思入流年悲又起，夜翻旧帖忆曾经。屏前指导一声声。

（二）

静坐灯前忆采风，那时故事一宗宗。泪眸不觉已朦胧。　　笑语山前听爽朗，诗情水畔撷轻松。几回迈步最高峰。

（三）

远去红尘一整年，但思往事哽难言。和衣忍读旧时笺。　　恨我行医无妙手，怜师拾韵在高天。几多别梦隔云山。

（四）

云海茫茫泛远槎，童心依旧恋天涯。银河月色岂如家。　　遥祭真情三碗酒，慢斟思念一壶茶。瑶台莫忘育诗芽。

浣溪沙·乌镇亭廊凭窗

古老长河碧瓦淘，缤纷鸟语隐枝高。乌篷载梦向云遥。　　思绪方牵杨柳岸，诗眸又醉石苔桥。　苍烟若许付风涛。

浣溪沙·题微山湖荷花

百万娉婷倍壮哉，凌风仙子下瑶台。微山霞色莫痴猜。　　身植清波心不苦，情牵明月梦无埃。知音喜此浣尘怀。

浣溪沙·雨中重访赵翼故居

旧日门楣已泛黄，霏霏细雨乱敲窗。今来重谒感秋凉。　　野步郊原曾倚仗，论诗梦里向朝阳。羞将小令寄云旁。

浣溪沙·雨中重访黄仲则故居

旧瓦含愁细雨中，零星往事已朦胧。茫茫诗海逐萍踪。　　云渺舞风怜病鹤，树高咽露叹秋虫。绮怀百载韵犹红。

【注】
洪亮吉评价黄仲则：咽露秋虫，舞风病鹤。

霜天晓角·古巷白桦

疑是乡关，忽将思绪牵。那个悠长故事，遗落在、你身边。　　霜天，望断烟，叶飘心底寒。岁月怅然回首，情已共，梦风干。

霜天晓角·古巷小吃

初步关东，巷深知酒浓。抢个舒心座位，尝特色，品兴隆。　　匆匆，来去风，此情谁与同？漫遣一怀秋绪，怜岁月，味无穷。

霜天晓角·古巷戏台

饰今演古，皆在红尘舞。风雨这方天地，任过客，听锣鼓。　　裁云为一赋，拾秋聊作谱。弹尽世间愁怨，弦断却，何相补？

霜天晓角·古巷闻筝

声缠小巷，袅袅云天荡。澎湃竟如江水，涤烦恼，消惆怅。　　听之心觉朗，诗情高一丈。些许俗尘弹去，剩宁静，无交响。

采桑子·车过公路大桥

凝眸千里松江水，浪许嵯峨，浪许婆娑。共我清清心底波。　　小船摇处闲云荡，燕度吟哦，鸥度飞歌。一任熏风鬓上摩。

采桑子·春日随笔（十四首）

（一）

冰城三月春来晚，花意朦胧，柳意朦胧，松水依然未解封。　　小园飞转声声鸟，云在长空，心在长空，诗欲欣欣借好风。

（二）

凝望斑驳长街柳，欲换新装，更待眉扬，风雨经年应表彰。　　不知寂寞何人折，甜也曾尝，苦也曾当，摇曳情怀几许凉。

（三）

眼前事物轻寒里，月影迷离，灯影迷离，草长花开觉适宜。　　山光欲赋先筹笔，心也无羁，脚也无羁，再掬清泉恣意题。

（四）

春之脚步徐徐近，心野开锄，诗野开锄，快乐安康种几株。　　漫斟岁月风云酒，醒也江湖，醉也江湖，剩有真情老不孤。

（五）

春迟只怨东风懒，桃面难开，杏眼难开，杨柳犹耽寂寞怀。　　此身且共朝霞起，扫扫楼台，擦擦厨台，更待晴云朵朵来。

（六）

推窗但觉天潮湿，一个凉晨，不见晴云，徒惹心情也降温。　　出行小路生压抑，枝叶无神，枯草无魂，幸有声声鸟语纯。

（七）

春来槛外风光好，约竹邀兰，组个新团，同去高山访杜鹃。　　兴浓采撷欣欣草，心比云闲，诗比花鲜，典当浮名换薛笺。

（八）

曾经拾韵春天里，一路平凹，朝夕推敲，不悔诗心被套牢。　　如今已少当年劲，酒事争逃，胆气难豪，往昔丝丝系发梢。

（九）

拙笺叠字迷山水，曾寄烟萝，曾寄重波，一段情怀一首歌。　　流年往事知多少？也自婆娑，也自蹉跎。但问浮生值得么？

（十）

那山树好曾吟咏，一抹朝霞，几点晨鸦，与共阶前小野花。　　闲云浮在清溪上，朵朵无瑕，片片如纱，逐梦天涯作远槎。

（十一）

清晨街道真清爽，草已初萌，花已初萌，夜过枝头露小青。　　阳光一束多神气，照我前行，亮我心情，飞去穿来翠鸟声。

（十二）

光明黑暗红尘里，不觅烦忧，不觅闲愁，我爱蓝天无理由。　　情牵湖海江河事，梦在芳洲，心在清流，一苇烟波助远游。

（十三）

临流总是尘埃洗，事业精心，拾韵倾心，多少风云力不禁。　　镜前已惯轻梳鬓，一任风侵，一任霜侵，骤雨来时微笑吟。

（十四）

一支诗笔虽然拙，也赞清廉，也刺贪婪，世故从来不解谙。　　襟怀常遣烟霞外，无意超凡，只愿平凡，山水闲时品二三。

减字木兰花·乌镇信步

石街悠远，古老人家依水畔。　　梦里乌篷，摇向泠泠烟雨中。　　秋光楚楚，绿意频随诗意舞。　　漫逐琉璃，一浣心清自有题。

减字木兰花·绍兴兰亭鹅池边小憩

潺潺曲水，千载流觞情不馁。　　雨点清波，池上悠哉三五鹅。　　飘浮思绪，默默随风天际去。　　香墨融心，一管长毫舞到今。

减字木兰花·今秋作客绍兴咸亨酒店

约题嵌咸亨酒店四字

百年老店，时代风云凭检验。　岁岁通亨，霞色迎门月色清。　　来斟黄酒，好豆茴香尝几口。旧事非凡，世味酸甜苦辣咸。

减字木兰花·秋游台儿庄有思

运河碧好，一座名庄依岸老。岁月融波，如是情怀风雨多。　　烽烟密匝，战马当年嘶飒飒。血浸诗眸，摘朵红霞代我酬。

减字木兰花

观北京知青演出《雪花飘飘》北大荒岁月四首

送别并踏上这神奇的土地

故园送别，车轮滚滚迎白雪。走尽荒寒，勇写人生第一篇。　　青春如火，梦在心头情婀娜。风朔凭吹，广阔边疆大有为。

激情燃烧的岁月

青春无价，都付荒原冬与夏。鸿爪轻痕，不惧风添额上纹。　　思潮驰骋，寻觅当年明月影。往事嵯峨，回响悠悠伐木歌。

兵团战士雪夜巡逻引思

边疆辽阔，忧责肩担情炽热。入夜巡逻，焉惧风高雪又多。　　青春脚步，踏破荒凉无返顾。岁月萦回，理想之歌逐梦飞。

烈火中的凤凰

凤凰起舞，麦浪为弦田作鼓。烈焰铺天，浴火青春痛涅槃。　　山悲水哭，纪念英魂花束束。往事沉沉，牵我思潮动我心。

减字木兰花·随笔（四首）

（一）

　　长天飘雨，打湿心情知几许。独自凭窗，旧绪丝丝接远方。　　那山那水，多少曾经难拾起。风冷秋酣，拙字微凉不忍拈。

（二）

　　风酣枝冷，一片秋心期隽永。忍看凋零，剩有天涯那点晴。　　几分倦怠，半盏清茶思世外。云意消沉，向晚残阳诗不禁。

（三）

　　秋深无信，一段相思愁误诊。剪朵云花，但载枫情向远涯。　　病怀词瘦，夜半何堪凉浸透。月影犹高，似解伊人心欲逃。

（四）

　　时光无站，转瞬春飞秋色淡。旧梦嶙峋，何必轻开记忆门。　　心情半掩，凝望朝阳初冉冉。寒叶婆娑，素手风凉笑一呵。

减字木兰花·南镜泊湖拾句（三首）

（一）

山光豪放，笑待吟家成一访。绿意铺开，更遣红情向笔来。　　湖波泛翠，荡尽浮华心不累。醉浴风熏，饱看长天闲散云。

（二）

凝眸山影，叠入清湖犹淡定。十里渔歌，小棹轻盈犁翠波。　　枕流梦好，漱石情怀犹未老。得句无华，应谢天边那抹霞。

（三）

琉璃一片，万里长空真浩瀚。恰共清湖，入得新词韵不孤。　　燕儿几许，漫载闲情云外去。浣罢尘心，静坐犹思陶令琴。

巫山一段云·宁安大石桥前有思

铁马萧萧远，朝霞熠熠新。那年风雨辨难真，空剩一些痕。　　轻踏桥头石，凝望碑上尘。青山依旧倍销魂，思绪遣流云。

巫山一段云·牡丹江渤海国遗址引思

　　跌宕风飘逝，斑斓梦已凋。轻翻旧迹认残陶，岁月叠云高。　　访古尘心淡，思今霜鬓萧。唯余一笔敢逍遥，山水共淘淘。

巫山一段云·参观马骏历史博物馆

　　革命风犹劲，征程雨亦狂。心耽理想向朝阳，舌剑刺苍茫。　　敢洒英雄血，欣涂瑞雪章。山河不老梦悠长，万里看芬芳。

巫山一段云·牡丹江柴河九寨金溪谷拾句（二首）

金溪小憩

　　劲踏清凉地，欣观翠叶天。沧桑苔石梦多边，人在水云间。　　往事随流转，心情逐浪翻。缤纷鸟语落双肩，小憩倚桥栏。

金溪石头

筋骨凭风塑，苔痕任雨磨。平生已惯浪婆娑，坐听鸟飞歌。　　明了浮沉事，无非上下坡。大山心意共嵯峨，彩梦用情驮。

卜算子·雨中紫丁香

朵朵紫云生，簇簇清香软。芳草天涯一寸心，梦叠烟霞婉。　　怅忆那篇诗，这份情难遣。恨雨绵绵小巷中，湿透伊人伞。

卜算子·五指山抒怀

一望翠微腰，再望崚嶒指。岁月情怀傲远天，旧梦飘云里。　　岂染世间尘，山色诗心洗。忽起雄浑那首歌，漫解沧桑意。

卜算子·将退有题（二首）

（一）

尘累卸肩头，理鬓流光染。盘点经年未了情，岁月休欺俺。　　驰目测蓝天，万朵云花淡。难负斜阳笔一支，向远凭肝胆。

（二）

未负播春光，慢慢尝秋果。复杂人生度简单，莫笑天真我。　　世路自悠悠，已惯红尘簸。心静当然万事轻，不必愁眉锁。

卜算子·诗路

一段旧时光，一段心情雨。一段生涯月缺圆，一段轻吟旅。　　一段别离愁，一段伤怀绪。一段秋歌共夕阳，一段江河趣。

卜算子·诗情

一幕梦之山，一幕心之海。一幕随风欸乃歌，一幕霞多彩。　　一幕赋晴岚，一幕酬烟霭。一幕沧桑漫剪中，一幕长天外。

卜算子·秋树

一叶载秋心，一叶斑斓梦。一叶飘飘伴雨飞，一叶诗情纵。　　一叶读斜阳，一叶黄花共。一叶凝眸月色凉，一叶相思冻。

卜算子·闲窗

一扇对晴云，一扇思青草。一扇朝阳苒苒升，一扇星光皎。　　一扇少忧伤，一扇无烦恼。一扇和谐细细风，一扇悠扬鸟。

卜算子·闲云

一朵若烟飘，一朵因风卷。一朵轻轻出岫来，一朵相思绾。　　一朵淡然怀，一朵如行板。一朵堪裁梦里诗，一朵无羁绊。

卜算子·我有一张琴

我有一张琴，借得春风谱。弹碧江波响翠山，再向红霞抚。　　浪漫海棠歌，旖旎桃花舞。堪共悠悠炽热心，岁月逍遥步。

卜算子·我有一杯茶

我有一杯茶，常向斜阳煮。颇耐沉沉十万寒，消得三千暑。　　月色共浓香，云影分清苦。漫汲精华润小诗，但许情为主。

卜算子·我有一壶春

我有一壶春，每每青山醉。坐看长天那片蓝，快乐无偏坠。　　霞梦向风斟，往事牵诗袂。弹却浮尘扫却沙，心与闲云对。

卜算子·我有一笺诗

我有一笺诗，欲向新春裱。挂在高山碧水旁，切莫沾烦恼。　　小字可消愁，清韵除浮躁。坦荡情怀自在歌，岁月知多少。

卜算子·农安怀古（四首）

左家山遗址引思

风骤黑陶纹，雨蚀残灰罐。石象龙形骨器多，霜冷千年箭。　　古迹认苍凉，旧梦浮云散。剩有渔家岁月歌，飘向长河岸。

元宝钩遗址留题

石镞印风云，陶碗盛霜雨。一段文明古老情，漫唱秋江渡。　　斗转五千年，梦叠黄龙府。史迹残痕若断章，拙笔难缝补。

田家坨子遗址有思

霞色浸泥墙，缥缈夫余雪。斑驳砂陶梦几多，千载沧凉月。　　风雨任壶斟，山水凭渔猎。耳畔传来雁叫声，回首长天阔。

渤海国遗址留笔

山色掩苍烟，田野藏残瓦。往事峥嵘逐白云，不见萧萧马。　　默默问秋风，谁可常称霸。我自逍遥且漫听，几许渔樵话。

卜算子·绰尔河抒怀

晨起逐霞歌，夜忱兴安月。澎湃千年未了情，万里心犹澈。　　信可濯吾缨，更把诗缘结。一叶轻舟笑抒怀，回首蓝天阔。

卜算子·绰尔峡谷白桦林留笔

淡梦共云高，翠叶随风舞。脆鸟多情自在飞，笑沭兴安雨。　　静伫数年轮，岁月知何处。抖落肩尘歇歇心，拾起眸前句。

卜算子·仲夏过呼兰河有思

碧浪泛朝霞，绿意萦河岸。不见苍苍旧日烟，翠鸟声声婉。　　何处觅萍踪，心境生伤感。几缕熏风拂鬓霜，岁月飘悠远。

菩萨蛮·敦化六顶山旅游区（五首）

谒金鼎大佛

娑婆世界无边海，笑伸巨手驱云霭。苦乐布均匀，参修凭洁身。　　佛虽难识我，也结红尘果。心静自无求，怡然山水游。

谒万佛殿

各呈慈态悠然坐，红尘俯瞰承香火。若许木鱼声，善哉多少情。　　因因行远路，了了谁开悟。侧耳听清音，平常一颗心。

谒佛教文化艺术馆

三千世界斑斓路，何人真把菩提悟。不解大罗天，难明烦恼禅。　　生来皆定格，尽是红尘客。心底净浮埃，春秋随笔裁。

谒清祖祠

当年战马嘶声歇，淡然缥缈硝烟绝。一笑对兴亡，皇家像几张。　　平常心态好，人老天难老。不必去钩沉，江河载古今。

石柱擎天景观前有思

高擎岁月斟风雨，情怀已惯流光滤。多少梦嶙峋，犹思逐白云。　　放眸参古老，身畔欣欣草。心境豁然晴，红尘万事轻。

菩萨蛮·苏堤留笔

沧桑一岸连今古，六桥绮梦经风雨。水色共栖霞，亭亭堤上花。　　倾听来往鸟，暗暗思春晓。恍惚老东坡，天边踏浪歌。

菩萨蛮·白堤留笔

逐云望远轻松步，访梅寻鹤孤山路。堤柳入清眸，摇摇湖上舟。 临波尘俗涤，浣我心情碧。小坐共西风，相期秋月逢。

菩萨蛮·望南屏山

望中山远浮岚翠，随风起伏如云袂。仿佛有钟声，悠悠心共鸣。 红尘争一渡，了了空空悟。世界等闲观，地球如小丸。

菩萨蛮·过楼外楼

远山隐隐岚飘逸，晴云梦叠流波碧。何处系行舟，笑呼楼外楼。 凭窗风月品，把盏湖光饮。醉里歇尘心，真情聊一吟。

忆秦娥·白露时节思蒹葭

时光阅，秋风漫拂花如雪。花如雪，几分淡定，几分清绝。 千年未解相思结，伊人水上伤离别。伤离别，心融白露，梦牵明月。

清平乐·初雪

玲珑意绪，潇洒冬之旅。俗事灰尘皆过滤，期与梅花相遇。　　翩翩但共情长，泠泠莫怪词荒。欢喜心同万里，助吾一笔飞扬。

清平乐·鸭绿江断桥有思

弹痕依旧，炮火当年骤。鸭绿波涛犹赳赳，如忆风中战斗。　　凭栏思绪云边，英雄故事心间。友谊桥梁难断，霁霞已漫长天。

清平乐·雨中登虎山长城

秋高在望，细雨和风唱。遍拂城墙寻过往，薄薄山岚飘荡。　　旧烟早已零零，词怀渐觉轻轻。但向长天振臂，撷来小字峥嵘。

清平乐·亭园菊花展拾句（四首）

（一）

肩披金甲，叠作玲珑塔。与共秋荷情洽洽，梦里听风飒飒。　　诗眸笑对清溪，思潮漫遣东篱。许约南山把酒，幽人莫怪痴迷。

（二）

清芬不怠，瘦影多风采。知有故人来访拜，同醉悠悠天籁。　　一些心绪云边，几分诗意花前。欲效先贤畅饮，陶然亭上陶然。

（三）

青丝卷浪，身著仙人氅。纵别东篱心亦爽，犹是恬恬模样。　　亭边醉看秋桐，梦中笑沐荷风。许有相思未老，新妆难掩霞红。

（四）

傲霜依旧，潇洒千杯酒。情系南山思五柳，醉问先生知否。　　难将雅意蹉跎，但教绮梦婆娑。一笑闲云做伴，亭园花径传歌。

清平乐·与兰儿相识十一年有记

如烟袅袅，往事知多少。记忆之城秋正好，怒放清幽兰草。　　初逢岁月如歌，共迎风雨长河。最喜诗心碰撞，火花一路婆娑。

清平乐·天泉生态陵园采风拾句

迎眸双阙，神兽阶边列。草色犹青松郁郁，更有翩跹花蝶。　　高天万里凝蓝，闲云一朵轻拈。坦荡何愁生死，未来岁月参参。

清平乐·天泉园采风过墓群赠逝者

一方天地，头枕为清气。风雨由他浑不惧，梦共星儿美丽。　　几分松色轻吟，一些花意漫斟。老酒三杯堪酌，云边略表诗心。

清平乐·天泉园采风观二十四孝碑刻有思

星明月朗，千载犹传唱。雨蚀风雕成榜样，此意真堪敬仰。　　幽思漫遣瑶台，高情不敢忘怀。凝望身旁寸草，悠悠心境无苔。

清平乐·天泉园之松鹤延年景观

　　松摇鹤舞，岁月悠悠步。花梦深沉堪共处，阅尽红尘寒暑。　　能分霞影辉煌，亦担暮色苍茫。鉴证几多生命，无私吐露芬芳。

清平乐·路上偶拾

　　秋阳犹暖，几朵流云缓。草自情迷花梦倦，杨柳婆娑身段。　　清眸可滤喧嚣，素心但逐逍遥。路转时平又仄，车轮颠簸诗潮。

清平乐·贺望奎建县一百周年（四首）

谒红光寺

婆娑树影，宝殿雄风领。如雨香飘迷小径，一片红光云顶。　　悠哉闲鸟清吟，畅然微露沾襟。心底莲花犹净，回眸大野流金。

游妙香山

疏林碧瘦，犹自晴霞透。飒飒秋风山色镂，鸟语泠泠依旧。　　小溪跳跃轻灵，野花散布如星。驰目长天辽阔，暗思梨梦娉婷。

游红星水库

悠悠苇草，碧浪浮诗藻。十里长堤秋正好，鱼梦摇摇一棹。　　俗身思许芳洲，真情交付闲鸥。回首庙山高远，云霞又惹凝眸。

望奎怀古

古风悠远，迷醉时人眼。渤海烟消辽梦散，岁月浮沉一段。　　山光漫叠崚嶒，河流自荡峥嵘。雨浸霜欺百载，如今事业蒸蒸。

清平乐·农安行吟（四首）

太平池水库随笔

蒹葭未老，聊共萋萋草。无际烟波呈浩淼，浣尽流年浮躁。　　清眸但逐飞凫，闲情唯寄长湖。浪底堪淘古意，挥毫裁剪云舒。

电影《南京南京》拍摄基地留题

朦胧战火，烈烈眸前过。风雨当年家国破，岁月残痕难锁。　　拂来史迹深深，仰观心境沉沉。回首斜阳冉冉，太平池上流金。

宝塔博物馆留笔

风云列满，岁月随盘点。霜色嶙峋陶瓦片，袅袅苍烟飘散。　　江河万里堪裁，靖康一耻难埋。辽塔层层叠梦，小城往事萦怀。

植悦生态园

栽培有艺，绿色浑无际。小叶长枝情细腻，散发丝丝香气。　　笑尝几许甘纯，醉观一片清新。最喜黄龙沃土，多姿岁月生根。

清平乐·咸亨酒店寻访孔乙己

半壶老酒，一碟茴香豆。尘世风中参得透，回味逍遥时候。　近听依旧光亨，远思渐觉心平。　岁月飘飞弹指，吟眸已惯阴晴。

清平乐·微山湖秋韵引思

湖宽波浩，秋载荷香杳。岁月留痕难抹掉，旧梦摇来一棹。　战歌嘹亮云边，红旗飘荡心间。多少传奇故事，悠悠恰共长天。

清平乐·谒铁道游击队英雄纪念碑

枪声未远，犹见车轮转。游击英雄身矫健，踏碎硝烟迷漫。　依稀柳叶琴鸣，朦胧湖底蛙清。难忘风云岁月，更应珍惜和平。

清平乐·题微山湖湿地公园蒹葭

蒹葭虽老，却是情难了。千载相思犹独抱，遥望伊人静好。　微山淡月倾心，小荷绿影知音。避得喧嚣梦阔，惯听闲鸟清吟。

画堂春·游扎兰芬围民俗文化园之关东老城

今寻史迹话平凹，当年风雨萧萧。残墙断瓦忆妖娆，梦在林梢。　　不见炊烟红火，空余石磨清寥。井台往事漫云霄，飘入民谣。

画堂春·参观解方将军纪念馆

翻开岁月读骎骎，硝烟杂雨沉沉。将军跃马展胸襟，走过枪林。　　谈判全凭韬略，扬帆且看雄心。情酬故土更深深，梦枕乡岑。

画堂春·游江城植物园

湖波清澈浣尘衫，凭栏体会炎炎。白云舒卷也平凡，心境凝蓝。　　野鸟飞歌入耳，小花插鬓为簪。满园绿意品犹酣，莫怪贪婪。

画堂春·恩泉山庄信步

熏风送我上山坡，鸟声来往真多。湖边树影漫婆娑，幻作烟萝。　　红日当空泼火，碧泉随意飞歌。心情到此浴清波，块垒消磨。

画堂春·迎春（八首）

（一）

缤纷鸟语绕檐飞，多情雪霁斜晖。风中寒柳欲扬眉，期待春回。　　扫尽经年尘土，迎来好梦芳菲。大红祝福贴门楣，旧事挥挥。

（二）

东风渐近到寒江，画船冰锁舷窗。鱼儿水底梦清凉，点点蟾光。　　灯影迷离诗意，烟花璀璨云裳。凭栏往事遣苍茫，待启新航。

（三）

隔帘灯闪夜犹长，晨来鸟脆轩窗。披衣坐起漫思量，凌乱无章。　　空老堪悲岁月，迎新更感风霜。诗心倦矣掩疏狂，伫望苍茫。

（四）

高楼灯影接新霞，白云浮过无瑕。漫行千里远奢华，问候天涯。　　几许江南旧事，一些塞北流沙。依稀梦里对琵琶，向往春芽。

（五）

闲窗独倚忆流年，寒风冷透双肩。江湖一棹远波澜，但泊云边。　　红马思驰碧野，清眸笑对蓝天。春来渴望跃平川，千里加鞭。

（六）

时光已逝看为零，笑迎草色青青。暗思柳梦渐娉婷，翠醉黄莺。　　旧事加加减减，新春炒炒烹烹。一分快乐一分情，心共云轻。

（七）

抬眸一瞥夜朦胧，天边月影如弓。桥灯颜色绿还红，烘暖深冬。　　拙笔难题过往，平生不问穷通。沉沉心事卸风中，换取轻松。

（八）

夜阑自倚小窗幽，此时忽想新游。远山碧水不含愁，笑与绸缪。　　未许清心尘沁，但教绮梦安留。一江烟雨待轻讴，往事悠悠。

海棠春·岁月回眸

名亭小坐斟醇酒，春滋味、清新可口。万朵杏花红，一醉诗情擞。　　画船梦里摇星斗，向天际、捎声问候。未忘灞桥边，折过相思柳。

摊破浣溪沙·初秋随笔（二首）

（一）

昨日窗前雨又风，几丝凉意漫心空。叶瘦相思花瘦梦，眼迷蒙。　　五彩世情难莞尔，多边人际叹朦胧。物外奇观三径远，月明中。

（二）

迷恋清清槛外天，秋心寂寂遣云边。往事飘飘何忍拾，浪花间。　　放下虚荣心境阔，远离浮躁眼波宽。知在红尘为过客，笑斑斓。

山花子·畅游大庆波斯菊海随笔（四首）

（一）

小影轻舒向太阳，澄湖秋水衬霓裳。摇落尘埃还质洁，笑风凉。　　香漫油田情不怠，心牵月色梦无荒。纵远东篱千万里，共苍茫。

（二）

怒放竟然成海洋，吟家游此叹芬芳。漫作玲珑仙子舞，夺秋光。　　绮韵难遮迷月影，豪情不掩举湖觞。忽觉吾如沙粒小，望天长。

（三）

渐入清秋品自高，几分活泼几分娇。匀罢阳光依月影，似童谣。　　思绪长长三径遣，诗情默默一湖淘。但许缤纷添秀色，梦凌霄。

（四）

或与东篱菊一家，别名又得格桑花。根扎油田心有梦，向烟霞。　　夜枕秋山思缱绻，晨听湖水弄琵琶。我用天真来拥抱，共无邪。

双头莲令·雨阳公园赏荷

碧波仙子下瑶台，落落向阳开。焉教世俗染襟怀，绮梦脱尘埃。　　凭栏对望两无猜，思绪共云裁。知心未负看花来，虽苦亦悠哉。

荷叶杯·春节思亲（二首）

（一）

帘外北风吹冷，云净，灯影共星光。此时漫想别匆忙，思念过重洋。　　难忘那年明月，清绝，圆梦两相期。几分心意化新词，遥远也能知。

（二）

梦里常思飞雁，心伴，拼搏几春秋。曾经风雨不知愁，春意望中收。　　隔水隔山年话，牵挂，真切莫嫌多。人生离别又如何，相寄笑之波。

西江月·秋江夜月

千里澄清浮起，一船明亮摇来。玲珑心意莫疑猜，更惹诗情澎湃。　　绮梦曾经遥寄，愁窗几度推开。西风不解乱萦怀，又是添些无奈。

西江月·春晨走笔（二首）

（一）

绾起丝丝霜发，迎来缕缕晨风。凭窗凝望碧天东，冉冉朝阳如梦。　　思绪清凉舒缓，心情恬淡轻松。三分春意赶残冬，一阕新词相送。

（二）

云际缠绵晨月，天边旖旎新阳。东风快意舞苍茫，春路悠悠通畅。　　无事提来诗笔，有心擦亮吟窗。几分散淡并痴狂，掺杂些些豪放。

浪淘沙·游嘉兴南湖引思

船载梦生华，碧浪淘沙。风声叠处雨犹斜。金斧钢刀知劲舞，斩向虫蛇。　　岁月转清嘉，遍种桑麻。长空万里看晴霞。一片诗情归玉镜，心共云纱。

浪淘沙·初登中国考古 01 号船有思

飒飒海风飘，白浪滔滔。残阳如血共云高。伫望苍茫思旧事，跌宕心潮。　　甲午恨难抛，岁月萧萧。婆娑绮梦起新锚。致远精神浑不老，激励儿曹。

浪淘沙·初逢中国考古 01 号船长敬赠

风打鬓敷霜，几许沧桑。朝霞浴罢沐斜阳。岁月流沙浑不怕，海雾茫茫。　　惯听浪花香，梦自悠扬。鸥情燕意共徜徉。事业倾心人坦荡，引领新航。

浪淘沙·初逢丹渔捕船老大有赠

踏碎浪千重，犁破烟浓。生涯惯看夕阳红。心境悠悠耽大海，驾驭长风。　　岁月漫摇中，今喜相逢。波涛笑枕梦玲珑。不惧流云和薄雾，雨露融融。

浪淘沙·夜宿中国考古 01 号船有题

静伫看流云，渔火黄昏。茫茫天际月无痕。多少嚣音今隔却，慢启诗门。　　海阔荡星辰，心境清纯。波涛轻枕梦氤氲，期笔生花聊一浣，赋我情真。

浪淘沙·江畔观鸥有思

掠水趁和风，雪影朦胧。忽而天际赶霞红。不避行船时泛渚，闲伴渔翁。　　心境似孩童，步履轻松。凭栏意趣许相通。快乐同盟今结个，逐梦长空。

浪淘沙·江畔听鸥抒怀

时尔伴霞歌，时尔轻哦。清音起处柳婆娑。拍翅一鸣真散淡，叠入春波。　　绿色浪花多，风自柔和。诗心萌动想烟萝。望去闲云三两朵，新梦嵯峨。

浪淘沙·乘船游松花江

　　帆举竞云槎，乘着新霞。静听阵阵浪淘沙。两岸迷人春底色，翠的无邪。　　凝望惹思遐，陶醉波花。鱼儿知我我知他。几只白鸥心与共，此境清嘉。

浪淘沙·江岛渔者引思

　　天地两悠悠，来往闲鸥。披风著雨读江流。岁月之潮随起伏，静钓春秋。　　心许此芳洲，摆脱尘囚。这方浪碧可清眸。火样情怀诗煮沸，遣向云头。

浪淘沙·乘船游黑龙江

　　犁破浪重重，千里东风。远山叠嶂眼迷蒙。信是鱼儿难解意，失却芳踪。　　世事逐波东，若许轻松。聊将思绪锁心中。黑土情怀高又阔，梦与谁同？

浪淘沙·中俄边境叹黑龙江

路远正汤汤，一派茫茫。江东望断泪行行。多少相思迷彼岸，绮梦长长。　　肃慎旧时光，�鞨风霜。千年明月载炎凉。更有浮云来去也，不问忧伤。

浪淘沙·参观名山岛黑龙江流域博物馆二首

白桦树前凝思

傲立共林涛，势若凌霄。峥嵘未负大山腰。小路延伸多少梦，岁月堪豪。　　沐浴大江潮，解意云高。尘心到此更思淘。神韵虬枝权作笔，裁剪潇潇。

鱼类标本引思

千里浪澄澄，鱼梦清清。也担风雨也担冰。古老江流流不尽，岁月泠泠。　　思绪与潮平，跌宕回声。苍凉旧事逐云轻。情共渔舟霞彩里，帆起新程。

河传·癸巳末无题

　　飘雪，藏月。北风无歇，心境难平。断思重接，多少旧梦凋零，笛声何忍听？　　云笺叠起天涯冷，休以赠，不是当年景。岁华犹去，双鬓已换萧萧，伴寒潮。

鹧鸪天·冬至闲笔

　　塞北冬宽雪濯襟，身耽正气拒寒侵。融风许有三分梦，畅月焉无一片心。　　尝老酒，抚清琴，由它百里雾霾深。这边天地归诗矣，世界之窗任肃森。

鹧鸪天·岁晚思母（童年笑语入诗行）

　　母爱萦怀思绪长，忆中多少好时光。朦胧月下缝新袜，彷佛灯前补旧裳。　　斟冽酒，暖柔肠，童年笑语入诗行。悠悠往事晴云上，伴我心声向远方。

鹧鸪天·初识三隐潭有思

　　瀑布悬如白发飘，苔阶旧迹叠新潮。雨帘垂梦遮山脚，岚帐怀情绕壁腰。　　怜雨细，叹天高，诗心到此一逍遥。　朦胧多少前尘事，都付闲云与碧涛。

鹧鸪天·丙申秋雨中从三味书屋到百草园引思

　　三味书香倍觉奇，园中百草更离离。一声呐喊层云破，几许彷徨远路迷。　　秋雨听，桂花知，狂人俯首又横眉。朝讽夕刺长毫在，我辈从今莫乱题。

鹧鸪天·雨中谒常州苏东坡纪念馆

　　千里重来幸不违，修篁淡伫共芳菲。古风挟带时风舞，新雨相融旧雨飞。　　观梦笔，闯心扉，大江东去浪花威。他朝若得瑶池会，定与坡仙醉一回。

鹧鸪天·赵苑和氏璧模型下留照浮想

献璧招来两足残，卞和抱璞泣荆山。争雄人老风云里，归赵名留岁月篇。　　持拙笔，记苍烟，悠悠故事越千年。江河滚滚炎凉涤，心有长空诗境宽。

鹧鸪天·游广府太极城引思

碧水环城柳色新，沿阶犹踏旧时尘。风云消长人生理，天地阴阳太极魂。　　拈绿意，品黄昏，无声岁月几多痕。今来但舞心情笔，且自逍遥守一真。

鹧鸪天·中皇山谒娲皇宫未登顶

病膝行难未上山，补天湖畔自凭栏。眸驰峭壁牵长绪，心醉清波浣老肩。　　霞正灿，柏犹坚，岁痕点点任风干。娲皇事业多功绩，旧梦苍苍新梦鲜。

鹧鸪天·谒七贤祠

槛外桃红杨柳青，苍檐旧瓦沐风轻。园栽修竹竿竿翠，壁画高贤栩栩生。　听故事，读文明，嶙峋岁月触心情。霜痕匪浅精神在，不老千年忠义名。

鹧鸪天·游邯郸赵苑

信步香园沐古风，几多故事列其中。照眉杨柳千丝翠，印石梅花二度红。　归赵璧，负荆翁，桥宽学步也从容。钦观大鼎苍茫立，笑枕黄粱梦不同。

鹧鸪天·游天涯海角 （约题之一：掀海角，倚天涯）

旋旋苍烟泛远霞，襟尘浣罢晒霜花。因无雁翅飞千里，聊向蓬莱借一槎。　掀海角，倚天涯，悠悠云朵自清华。波高喜作心情浴，笑数眸前岁月沙。

鹧鸪天·三亚湾听涛随笔 (约题之二：闲云被，细沙床)

椰影成排聊作窗，蓝天沧海两茫茫。俗尘搓去心幽静，拙字拈来笔许长。　闲云被，细沙床，坐听拍岸浪花香。轻舟未老追鱼梦，鼓起思帆飘远方。

鹧鸪天·大东海抒怀 (约题之三：依碧海，托青山)

缥缈蓬壶在远天，婆娑椰影绿眸前。几回魂梦奔腾句，百转心情漫卷澜。　依碧海，托青山，放飞诗意彩云间。临风遐想麻姑事，白浪长歌岁月船。

鹧鸪天·三亚湾傍晚引思 (约题之四：飞浪白，踏沙红)

浮想冰轮出海东，斜阳冉冉逐山风。苍凉故事迷云外，浩莽情怀叠梦中。　飞浪白，踏沙红，尘眸浴罢不朦胧。抛残块垒忘机处，七里滩前觅古踪。

鹧鸪天·三亚西岛情思 (约题之五：携碧浪，采青螺)

笑看船犁海梦多，飞弦跌宕动云河。椰风阵阵诗情卷，涛籁腾腾心境磨。　　携碧浪，采青螺，霞光一束自嵯峨。长天难老雄浑笔，题照民兵犹放歌。

鹧鸪天·五公祠怀古

相伴葱葱不老榕，心盛大海见高风。乾坤正气存千载，岁月精华塑五公。　　担傲骨，岂弯躬，但将学识付开蒙。回眸慨叹长天阔，漫遣思飞细雨中。

南乡子·重阳有题（十四首）

（一）

寒柳叹龙钟，逝水悠悠漫向东。但数阴晴多少事，匆匆，怅望流云一小丛。　　山意自从容，五彩光萦菊梦中。恍惚东篱门半掩，陶公，相约今宵话古风。

（二）

金菊挽秋凉，一片闲情沐晚霜。任尔西风摇往事，茫茫，耻借朦胧月底光。　　灿灿为谁妆，凝露之心剔透伤。未许人前留点点，收藏，寸寸相思梦里长。

（三）

风飒剪残枝，昨夜苍凉月影迟。欲问终南山下菊，参差，绮梦依然只自持？　　槛外惹相思，缥缈烟霞腕底诗。一段心情聊对酒，倾之，谁在天涯共此时？

（四）

芦荻曳秋湖，心逐行云自卷舒。十二栏杆轻拍遍，模糊，走过人生一段弧。　　霜冷鬓边敷，世事嘈嘈我认输。梦里东篱三径阔，堪租，月色清明好读书。

（五）

香已逐云开，九日登高菊搭台。落帽千年今拾起，无埃，万里长空好抒怀。　　心境即蓬莱，五彩诗花漫剪裁。岁月灰尘焉碍我，悠哉，独守天真似小孩。

（六）

山意已嶙峋，渐瘦黄花共白云。旧日高亭寻往事，销魂，不见当年落帽人。　　思绪漫延伸，流水清清掬一樽。闻道武陵溪畔静，氤氲，欲结芳邻好避秦。

（七）

一夜雨加寒，晨起偏怜菊梦残。纵有雷声催白雁，依然，月在天涯属上弦。　　几度忆高山，不惯分离在眼前。燕市曾经呼美酒，飞笺，醉逐秋江万里船。

（八）

秋意最苗条，风逐流年似梦飘。百事如花常缩水，推敲，唯我真情被套牢。　　处世得分高，成绩原来打小抄。暗喜诗心愚笨也，逍遥，江上轻松点一篙。

（九）

山水共清歌，秋雨凝烟洒一蓑。世界原来多角也，消磨，任尔风云涨海波。　　心态已平和，世路悠长印脚窝。九月登高分菊韵，嵯峨，不问浮生剩什么。

（十）

云意共黄花，又到秋深露叠加。渐老情怀霜不趁，嗟呀，梦里湖山是我家。　　但坐品清茶，缥缈心思缥缈霞。一瞥浮生如水去，无涯，笑捻空空两鬓华。

（十一）

寒树匝秋声，塞北风光系雁翎。诗意玲珑怜菊韵，清清，三径高吟许共鸣。　　对镜正身形，耻向红尘荐姓名。虽是天宽迷惘甚，皆零，但守心空一角晴。

（十二）

岁月倩谁留？一段人生顺逆流。今日登高堪望远，绸缪，霜叶殷殷衬好秋。　　思绪绕云头，尘世浮华耻与谋。往事几番沉淀后，悠悠，踏浪江湖舴艋舟。

（十三）

秋色渐沉沉，飒飒西风力不禁。怅望天涯迷雁影，云深，与共苍凉万里心。　　揽菊做清吟，多少真情拨断琴？最是此时堪把酒，披襟，醉里依稀访竹林。

（十四）

菊韵欲分沽，对酒高亭意正酣。山色原来心底色，迷岚，云影朦胧若隔帘。　　诗笔耻趋炎，向往长天那份蓝。宝马门前羞问富，平凡，秋浅秋深着布衫。

南乡子·雨中漫步常州青果巷

细品雨晶莹，墙叠年轮数不清。旧日街头多少事，青青，千果玲珑伴月明。　　八桂梦娉婷，香漫尘襟自有情。到此但匀才子气，零星，信可挥毫诗俊灵。

南乡子·农安辽塔前有思

雨蚀又霜磨，千载风烟披一蓑。塔顶尖尖堪纵目，嵯峨，往事层层叠作歌。　　重访动心河，百铎声牵岁月波。曾引诗家多少笔，婆娑，古老情怀裁几何。

南乡子·秋游农安花海

香气漫天涯，依旧娉婷百样花。非是秋来争色彩，堪夸，情自斑斓梦不斜。　　到此近清嘉，许我诗田也发芽。一寸芳心难负笔，无邪，摘得黄龙几朵霞。

南乡子·农安拥水公园留题

千载碧河流，杨柳堤前绿自稠。白玉栏杆凭雅客，悠悠，一苇烟波一苇秋。　　心净复何求，更有轻云豁远眸。问向苍茫谁解意，闲鸥，独在长空恬淡游。

南乡子·农安剑鹏马城驰笔

剑戟自森森，史海沧桑岁月深。遥想雕弓谁可佩，骎骎，汗血当年踏万岑。　　原草涤尘心，笔御长风接古今。新梦腾飞堪痛饮，寻寻，但逐黄龙一啸吟。

南乡子·万泉河畔有怀

　　斗笠作兜鍪，阴雨当年百卷愁。月暗天涯椰色苦，悠悠，多少波涛带血流。　　往昔忆难休，回首晴云恣意游。螺号声声新梦里，渔舟，张起风帆放远眸。

南乡子·海南文昌石头公园咏叹

　　听惯浪高歌，万载苍凉任打磨。云叠山倾多少事，嵯峨，填海之心恨几何。　　如镜照丝幡，素手轻轻漫抚摩。不觉襟怀随一振，呵呵，岁月伤痕算什么！

虞美人·游龙头水库观诗墙随笔

　　往来湖上清凉鸟，倚岸闲花草。轻风过处觉心轻，一望远山苍翠恰岚生。　　波浮绝句船摇律，小令犹飘逸。吟家在此弄铜琶，更有先贤墨迹共晴霞。

虞美人·观檐冰有思

　　相思点点谁知晓，槛内伊人老。西窗独倚又愁听，檐下春冰垂泪一声声。　　烛光几许怜堪共，滴碎冬之梦。清江雪化浪腾诗，定是远方鸿信到来时。

虞美人·夜望满洲里

　　霓虹月色交融了，入夜熏风小。登高眺远赏娉婷，疑是碧天遗落一颗星。　　心情闪闪诗情擞，不觉频回首。纵然拙笔手中持，也向草原深处种相思。

踏莎行·登北京鹫峰寻红叶

　　野径连云，朝阳领步。鸟声散淡林间渡。峰高莽莽沐清眸，　崖前红韵流成瀑。　　霞浣心情，风弹肩土。　秋光纵老情依故。　且凭拙笔漫修裁，　归程一任山花妒。

踏莎行·绰尔钓鱼台景观一瞥

　　栈道云连，溪流梦渡，苍岩峭壁牵今古。凭栏望去字朦胧，子牙垂钓闲居处。　　澎湃心情，徘徊脚步，山风清爽消炎暑。思抛长笔探曾经，层层叠叠难为赋。

踏莎行·谒哈尔滨孔庙

　　寂寂花情，长长松影，轻轻脚步行幽境。棂星门里谒先贤，风中未觉丝毫冷。　　诗笔徘徊，心潮驰骋，凭栏望去流云迥。千年思想读犹新，精神可共山河永。

临江仙·读雪闲笔

　　呈瑞三千银界，快晴十二琼楼。几多意绪绕云头。但期春酒醉，不取腊梅愁。　　涤得尘心澄澈，飘来诗梦轻柔。虽持一笔却难酬。鸿踪寻旧岁，山影亮清眸。

临江仙·夜读引思

半盏凉茶难入梦，一窗月影清寒。轻翻古卷读苍烟。眸牵三万字，思接五千年。　　过往辉煌悲雨蚀，更兼霜打风干。赤心依旧待明天。期歌廉政令，盼斩大贪官。

临江仙·水仙

雪貌冰心仙子影，幻云淡泊襟怀。泠泠岂肯惹尘埃。琼香萦绮梦，姗裊入瑶台。　　我有真情思与共，料应俗客难猜。玉卮可醉笔羞裁。凌波多快矣，宿月信悠哉。

临江仙·海角天涯石随笔

抟梦时寻海角，遣怀总向天涯。今朝终得见云霞。大风磨性格，白浪涤尘沙。　　月出渔光明媚，日高椰影横斜。此来何必一嗟呀。浮名知我远，砺石为谁嘉。

临江仙·五指山随笔

头顶雨飞潇洒，指尖雾锁朦胧。腰间翠色任葱葱。延阶寻野果，扶石浴山风。　　自有情怀相共，岂无笔墨随同。曾经故事系苍松。霞光终烂漫，诗意得玲珑。

临江仙·琼海北仍村随笔

翠绿千株芒果，浓香一盏咖啡。椰林原始客徘徊。小村漫古意，幽径沐清辉。　　细品乡愁滋味，纵观时代丰姿。闲心好逐鸟声飞。风情多采购，脚步已忘归。

临江仙·立秋作客农家见院中火百合有记

一抹明霞唇点绛，相思如火燃烧。风中起舞自妖娆。秋来情未减，月出梦犹高。　　难负初逢心属我，喜将诗意推敲。笔尖沾得几分豪。夙怀虽热烈，低调不招摇。

临江仙·剪发

快剪三千烦恼，力弹十万尘埃。流年霜结漫
梳开。浮华终不染，往事共相裁。　　绾个桃源
诗梦，卷成月下情怀。丝丝缱绻任云猜。忧伤从
此去，欢乐伴春来。

一剪梅·笑辞丙申（二首）

（一）

读却高山读小河，云未蹉跎，月未蹉跎。放
翁访罢访东坡，诗醉烟波，酒醉烟波。　　笑别
生涯一段歌，梅自婆娑，雪自婆娑。风痕雨迹漫
消磨。心也平和，梦也平和。

（二）

春雨秋风一笑哉，露湿筇鞋，霜换瑶钗。烟
霞寻得放形骸，不近氛霾，远却尘埃。　　漫理
陈笺雪底埋，静待花开，再抒诗怀。江河浪涌看
吾侪。梅竹堪栽，山水凭裁。

一剪梅·喜迎丁酉（二首）

（一）

高亢鸡声渐破春，花信盈门，草脚迎门。东风尽扫雪纷纷，山意清新，水意清新。　　闲坐西窗老酒温，笑数横纹，笑剪流云。三千往事尽封存，眸底无尘，心底无尘。

（二）

笑待春来雾气消，天阔犹高，野阔犹豪。但思沽酒效渔樵，醉卧林涛，醒逐江潮。　　再借清幽好避嚣，心境逍遥，梦境妖娆。远山适合细推敲，霞浣征袍，月浣诗袍。

一剪梅·题山村人家

溪水潺潺小屋前，花也悠然，树也悠然。轻灵百鸟绕青山，云自清闲，雾自清闲。　　何必情怀寄远天，此处田宽，此处心宽。粗茶淡饭觉新鲜，不是神仙，胜似神仙。

一剪梅·谒曹雪芹故居

黄叶村边暂系舟，一点冬愁，几许山愁。野心但愿白云留，文笔千秋，故事千秋。　纵买花笺难寄邮，风冷诗眸，雪冷诗眸。归来灯下读红楼，情也悠悠，梦也悠悠。

蝶恋花·秦淮河畔怀八艳

马湘兰

侠共才华名出早，几许芬芳，入画凝诗稿。斜叶托兰心意表，相思到死终难了。　四百余年犹未老，旧梦轻痕，花落知多少？白鹭洲头琴缥缈，秦淮河畔幽幽草。

寇白门

侠女情怀曾旖旎，竞逐芳菲，袅袅歌声起。错嫁痴心悲不已，空名遗落红尘里。　到此凭栏难解意，感叹秦淮，多少佳人泪。闲柳风中摇叶碎，凋零岁月随流水。

顾横波

魅力当年眉眼处，信笔勾兰，香绕秦淮渡。把酒堪豪浑不拒，诰封又惹时人误。　　往事飘飞烟雨路，散落些些，留待莺儿诉。今向楼前酬一赋，横波或晓曾相顾。

卞玉京

枉抱才情空婀娜，绮梦如船，逐浪风中簸。独守青灯心意锁，孽缘难结红尘果。　　还在瑶池哀叹么？遗恨金陵，莫问谁之过。但寄佳人兰一朵，茫然回首云如火。

董小宛

漫道生涯多色彩，山水相融，性属空灵派。才子倾心焉懈怠，水明楼内聆天籁。　　嫁与爱情勤灌溉，风蚀芳华，明月浑无奈。故事流传多少代，我今到此思澎湃。

陈圆圆

四百余年名未逝，淮水波浮，倾国倾城事。万里山河犹旖旎，一抔土掩香魂耳。　　岸上柳丝如有意，绾个相思，轻拭红颜泪。若许重生新梦翠，娉婷切莫依权贵。

柳如是

一段香余湖上草，慢慢翻开，岁月真苍老。得气桃花依旧好，美人风采飘飞了。　　望去秦淮秋正躁，柳隐丝丝，那岸无尘扰。昔日繁华皆缥缈，长天几朵闲云俏。

李香君

风雨当年淮水畔，碧血深情，染透桃花扇。爱在红尘留片段，香魂一缕终飘散。　　时代烟云虽已远，往事堪怜，竟惹思无限。春去秋来多变幻，游人到此空嗟叹。

蝶恋花·初秋闲题（十九首）

（一）

望去秋江波渺渺，一阵新凉，漫逐熏风杳。跳跃蛙声真不少，滩头垂钓闲翁媪。　　岸上黄花才窈窕，梦共轻云，梦倚东篱草。梦里相思谁约早？武陵溪畔斜阳好。

（二）

坐看长空云懒懒，一苇波蓝，逐梦天涯远。柳上情丝悲渐短，青山隐隐斜阳晚。　　已惯风沙迷拙眼，老去疏狂，世事随流转。尘外烟霞虽缱绻，思来只合诗心遣。

（三）

夜雨疏狂秋意纵，拍打西窗，乱把心情弄。思绪无边随暗涌，丝丝缕缕难为梦。　　听到阑珊晨启动，此意萧萧，竟也无人懂。漫理经年深浅痛，冬来一笑由冰冻。

（四）

天佐心情飘细雨，惆怅丝丝，竟自缠思绪。夏日凋零秋揭序，归鸿又启新之旅。　　落叶蛩鸣争入句，混浊红尘，纯净难提取。纵有清音知几许？楼头燕子浑无语。

（五）

暗想江流波万顷，独倚闲窗，但觉秋声冷。懊恼西风真薄幸，无端拂乱梧桐影。　　疲惫思寻尘外境，潦倒诗情，心意难驰骋。画得圆来浑不等，唯期小月弯新颖。

（六）

欲止相思难止泪，寻岸伊人，心皱成憔悴。露结为霜寒往事，朦胧一片茫茫水。　　千古情缘存梦里，走出诗经，解我凭栏意。阅尽浮华悲又喜，素怀只向闲云倚。

（七）

三五吟家邀斗酒，细雨微晴，秋意凉初透。说北聊南真不苟，诗情万里君知否？　醉步轻提犹抖擞，归路迢迢，灯倚黄昏柳。此刻闲心盛宇宙，由他世事肥还瘦。

（八）

梦已凋零今远我，斑驳些些，心事浑如我。飘向天涯难忘我，怎堪回首模糊我。　不悔春时曾识我，绿意悠悠，走进诗中我。一片相思留与我，多情最数枝前我。

（九）

莫道秋来愁百斛，别样销魂，但把残眉蹙。几度炎凉曾漫读，如今已惯西风促。　常听清吟心不俗，纵老伤怀，等待春恢复。绮梦悠悠仍馥馥，未教朝夕成孤独。

（十）

笔纵山河无寂寞，秋意驰来，未觉情萧索。烦恼些些留与昨，皱纹一笑成收获。　岁月风云常独酌，醉挽斜阳，许个玲珑诺。心已归零襟落落，悠悠世路随交错。

（十一）

历史模糊原有象，月衬朦胧，渐渐生迷惘。帘外黄花依旧样，风摧落瓣无思想。　　万里山河常俯仰，碧水天涯，读罢心空旷。多少英雄成过往，红尘一担终须放。

（十二）

抱朴情怀犹未改，春去秋来，冷热无嗔怪。典当吟笺山色买，泉边我自听澎湃。　　梦里桃源归世外，掬月诗心，名利欣淘汰。不必生涯多异彩，黄花一味香成海。

（十三）

秋水茫茫流不尽，秋意斑斑，秋事堪怜悯。秋已无声侵两鬓，秋风又把秋心困。　　春与秋光皆一瞬，勘破秋情，细品秋之韵。何必因秋生郁闷，秋花也自开娇嫩。

（十四）

碧水泠泠消尽夏，岸上黄花，共蝶飞优雅。莫怪西风其性野，秋襟一展浑如画。　　自笑生涯无特写，梦倚河山，听惯渔樵话。心志犹同千里马，轻拈笔管题潇洒。

（十五）

一载诗情今细品，雨打纱窗，思绪清凉沁。更有尘嚣声不噤，唯将心事来幽禁。　　梦里云霞聊织锦，瘦笔轻提，欲把山租赁。朝夕何须求庇荫，月牙凝白堪为枕。

（十六）

伫望长天云湛湛，心也随之，心也随之淡。一段秋光虽饱览，多姿世界迷蒙俺。　　渐老情怀无杂念，诗事相加，诗事相加减。草叶凋零难采捡，大山深处寻灵感。

（十七）

春种真情秋采摘，陋室温馨，何必思豪宅。莫叹生涯超半百，由来一梦随宽窄。　　医手难平尘病脉，欲补清吟，自笑东墙拆。幸有荧屏无闭塞，诗花可共云花白。

（十八）

又是西风斑驳叶，暗想花零，沧海迷蝴蝶。窗外长天云影叠，飞鸿载梦无纠结。　　诗路悠悠行踯躅，砌仄堆平，自我难超越。拙笔今朝思欲歇，清心有待玲珑月。

（十九）

灯火阑珊风冷榻，入耳秋声，已是听三匝。盘点吟笺成小沓，裁裁剪剪封存匣。　　月隐云层情倦乏，了了心空，窃喜无繁杂。往事沉沉今减压，任由懵懂何求答。

定风波·岁末随笔（四首）

（一）

夜半愁听鼓朔风，桥头灯影绿还红。远去行云应亦冷，难静，不知几朵正玲珑。　　恍惚眸前飘海色，心惑，翻腾波浪一重重。怜舍椰情千万里，窗倚，天涯望断月朦胧。

（二）

雪蝶翩翩扑小窗，撩人思绪几分凉。盘点流年寻断梦，云冻，凝眸不觉感茫茫。　　沧海掬来波若许，烟句，那些记忆已珍藏。期盼明霞心未老，春草，轻裁漫剪待芬芳。

（三）

锅碗瓢盆洗旧年，灯窗桌椅拭尘烟。雪意千般酬不得，寻觅，也无词笔也无笺。　　寄片乡情劳淡月，真切，行行已到碧云边。默默此心谁解语，难付，唯将炉火抵风寒。

（四）

旧梦敷尘默默搓，几分斑驳掩婆娑。怕对重门开记忆，愁拾，江湖浪叠太嵯峨。　　幸有云笺堪一剪，酬远，春时好约踏青莎。忽觉天宽心渐静，斟茗，冷风些许自轻呵。

苏幕遮·黛秀湖漫步

柳轻松，荷倦怠。已老蒹葭，思遣闲云外。小雀枝头啼自在，入耳清香，仿佛天之籁。　　梦犹纯，情不殆。烦恼风消，两岸秋豪迈。岁月流光凭雁载，心境常晴，惯听波澎湃。

行香子·读书日留题

读读藏书，想想羁途。看春行、一段荣枯。柳情好借，云梦堪租。渐远汹扰，远愁恼，远烦芜。　　心耽红果，诗拌青蔬。纵伤怀、信可删除。笑拿懵懂，换得糊涂。但近高山，近明月，近澄湖。

行香子·西岛风景之海岸钢琴随笔

跌宕清晨，澎湃黄昏。韵声声、直遏层云。青螺重奏，白浪同奔。伴海之风，海之月，海之魂。　　轻敲旧梦，漫打心尘。指柔柔、几许天真。激昂侧耳，恬静凝神。共远山歌，绿椰舞，绮霞喷。

行香子·雷琼火山口世界地质公园随笔

石亦沧桑，榕亦沧桑。凝眸处、岚意微芒。漫思古老，遐想洪荒。叹风之烈，电之掣，火之狂。　　素心震撼，拙笔徬徨。万年韵、许叠词行。剥离厚重，分享苍凉。涤足间尘，怀中梦，鬓边霜。

行香子·丁酉初秋访黄龙府

才罢熏风，又沐金风。十余载、再赴黄龙。
岸边拥水，阶畔寻松。叹玲珑铎，嵯峨塔，铿锵
钟。　　草香未减，花气犹浓。碧湖宽、恰豁心胸。
聊将浮躁，换取从容。醉半池荷，几丛苇，一原骢。

行香子·榆钱吟

山野曾开，路畔曾开。钱模样、岁月修裁。
繁华点缀，富贵铺排。任云儿笑，风儿遣，雨儿
差。　　藐看浊世，独抱金怀。缤纷后、梦叠瑶台。
昨援寒客，今作诗材。但持良善，酿馨酒，抖纤埃。

行香子·敦化渤海广场留笔

花沐东风，草衬高松。千年事、一派朦胧。
冰河留迹，铁马无踪。忆那时春，那时夏，那时
冬。　　苍烟缥缈，浊眼迷蒙。望群雕、思遣长空。
远山含翠，新梦凝红。叹几分云，几丝雨，几张弓。

行香子·写在情人节

　　诗也情人，词也情人。朝霞起、伴到黄昏。登山撷韵，踏浪留痕。共一方秋，一方夏，一方春。　　素心坦荡，绮梦缤纷。守相思、漫数星辰。清吟远俗，拙笔无尘。醉几分雪，几分雨，几分云。

行香子·呼伦贝尔行

　　几朵云轻，几朵波清。呼伦共、贝尔娉婷。离离草色，点点鸥声。醉这方天，这方水，这方晴。　　放牧心情，放牧诗情。望牛羊、散落如星。平分辽阔，同享开明。纵一双足、一双手、一双睛。

行香子·北湖公园拾句

　　楼自嵯峨，树自婆娑，霓虹闪、点亮清波。天涯月好，水上星罗。共满湖情，满湖梦，满湖歌。　　临流润笔，撷韵吟莎。且凭栏、心境磨磨。杂音风扫，思绪云驮。滤一些尘，一些俗，一些疴。

喝火令·微雨丁香

　　滴湿心中事，洇红梦里愁。几多思绪锁清眸。飘忽一些风过，莺语落枝头　　纸伞撑哀怨，时光挽怅惆。不耽天气痛难收。小巷长长，小巷雨悠悠，小巷那分沉寂，只待月儿柔。

喝火令·绍兴会稽山古香榧群

　　古老双枝接，文明万树歌。会稽山共韵嵯峨。相望小溪岚色，千载雨风磨。　　绿叶摇新意，高情恋陡坡。野蔬林下伴嘉禾。岁月留痕，岁月未蹉跎。岁月赠名长寿，圣果梦婆娑。

喝火令·过龙腾寺不入有题

　　槛内浮尘少，心中杂念多。俗身焉可扰苔荷。自晓佛禅难悟，世事漫消磨。　　做个渔家梦，听些野鸟歌。此时平静看婆娑。一任龙腾，一任水生波。一任大山凝碧，诗意共嵯峨。

喝火令·题影视城之关东大车店

夜宿南来客，晨行北往人。一肩风雨一肩尘。到此品尝温暖，歇歇大车轮。　　唠唠新鲜事，听听老调门。旱烟锅里醉三分。旧梦轻痕，旧梦已封存。旧梦不知多少，遗落在山村。

祝英台近·春柳

隐莺声，分月影，摇梦待花醒。垂韵丝丝，风里弄些景。岸边袅袅凝烟，绿腰摆摆，纵带雨、心情焉冷。　　喜幽静，偶有思绪相牵，也难挡词骋。折取回回，往事惹深省。时光不断飘零，新过还老，叹飞絮，堪为诗颖。

江城子·小年夜思

晚风舞动雪犹忙，打轩窗，落桥旁。与共烟花，携梦向苍茫。望去灯光频闪烁，清俗事，濯心房。　　流年盘点感时光，品炎凉，有彷徨。独守天真，岁月自含香。笑做红尘过客也，何必叹，一皮囊。

解佩令·北京植物园赏腊梅

琼花未到，黄英开早，萼如金、无尘能扰。瘦影横斜，淡荡风、远离浮躁。遣清香、扑衣悄悄。　　匀情缠绕，分思缥缈，这诗心、悠然难老。一笔轻裁，信可融、卿卿怀抱。惹回眸、几怜梦小。

解佩令·甲午年终总结四首

（一）

曾题朗月，也思大海。更欲寻、烟霞槛外。渐卸肩尘，换游鞋、身心轻快。乘风儿、看看世界。　　三番叠字，几回怀古，感流年、诗情未怠。泛泛生涯，喜平淡、无求精彩。许归于、青山一派。

（二）

春山曾踏，秋枫曾话。访一些、重门古瓦。岁月云深，奈笔拙、终难裁下。梦空留、江南亭榭。　　心情高置，思潮暗许，伴泠泠、星光倾泻。老酒盈壶，望瑶台、朦胧小谢。拭眸时、几分惊诧。

（三）

西湖泛浪，秦淮乘舸。烟雨里、迷君醉我。
月隐风飘，杨柳岸、寻些如果。想孤山、词梅似
火。　　云笺无寄，世情难说，共长天、闲心一颗。
漫扫陈年，把旧梦、层层封锁。待春回，剪裁婀娜。

（四）

长亭把酒，断桥寻梦。叹西风、残荷忍弄。
秋渐凋零，知多少、旧痕新痛。这情怀、倩谁能
共？　　幽幽凉夜，迢迢往事，此时间、心头奔涌。
莫要轻翻，那记忆、频添沉重。遣些些、竟也无用。

解蹀躞·游萝北兴龙峡谷

趁着东风吹暖，漫踏晴霞早。叶青青处、殷
殷啭新鸟。石径幽窄穿林，碧溪流远泠泠，濯眸
鲜草。　　这方好，但觉凭栏人老。空余此怀抱。
再寻长笔、皆因梦难了。更有心境悠悠，尽抛块
垒山前，险来当藐。

碧牡丹·牡丹江之旅小咏

喜赴丹江约。雨丝远，霞光握。一路溪流，伴着长长幽壑。古意寻来，更放眸轻剥。那沧桑，那斑驳。　歇尘脚，细品山岚薄。诗心已飞云阁。俗事抛开，暂忘谁对谁错。石老苔深，共树高花灼。韵当拈，梦堪托。

五福降中天·给诗友拜年

看窗前灯火，点亮一个新年。星语自多情，祝福犹传。清月相思未了，半掩如诗素颜。不夜长空，竟将往事紧相连。　悠悠几载，苦与乐、仄平探源。任凭雨来风去，岂碍青山。江湖信步，快乐伴、焉输谪仙。好梦分霞，众吟家、把握明天。

江梅引·立春

飘零岁月叹无痕，喜迎春，怕迎春。杨柳枝头，绿意渐升温。纵目江河冰雪老，寻燕子，在归途，载天真。　天真，天真，十二分。山有魂，云自纯。想也想也，想不尽，碧草清芬。笑对菱花，漫拂鬓边纹。扫去陈年多少事，心静静，梦安安，最健身。

江城梅花引·阿鲁科尔沁草原游牧引思

生涯游牧路迢迢，草粗豪，水清豪。赶着牛羊，相伴马萧萧。是处为家追月影，枕星色，饮流霞，堆梦高。　　梦高梦高射大雕。春在浇，秋在淘，看也看也看不尽，千里妖娆。苦辣平常，风雨两肩挑。幸福储存收获里，天境阔，听琴声，向远飘。

江城梅花引·群力游之五国城景观前有思

靖康奇耻越千年，别家园，远家园，梦里相思，素月几回圆。冷饮关山多少雪，叠懊悔，付纤毫，刻心间。　　心间，心间，痛难删。那方天，坐井观，恨也恨也恨不尽，春去秋还。泪洗余生，尝透苦无边。今到城前生慨叹，疆若固，国须强，剑常悬。

江城梅花引·鹿苑观梅花鹿漫思

生来身著小梅花，喜朝霞，恋朝霞，形态端庄眼大貌儿佳。几许温柔添魅力，呦呦叫，一声声，近诗家。　　诗家，诗家，倾情夸。梦无邪，梦远华，梦也梦也梦不尽，青草新葩。莫怨红尘命运总多枷。为富乡村魂宁断，将骨角，与筋皮，共桑麻。

皂罗特髻·梦中踏月

梦中踏月，有朵朵云随，此心如水。梦中踏月，问晚安星子。姗姗步、梦中踏月，更痴痴、醉在轻风里。梦中踏月，遣浩思天际。　　怜我梦中踏月，远些些尘事。但驰笔、梦中踏月，典诗句、买个朝霞起。梦中踏月，竟这多情致。

皂罗特髻·江边采风

岸边拾翠，正几缕春风，柳眉新画。岸边拾翠，听鸟声潇洒。轻松步、岸边拾翠，笑青青、小草摇优雅。岸边拾翠，看碧波流泻。　　今醉岸边拾翠，伴思飞云外。壮诗境、岸边拾翠，凭天阔、万里真豪迈。岸边拾翠，任我心澎湃。

皂罗特髻·春晨随想

此心婀娜，望一个清晨，月推霞早。此心婀娜，趁柳风听鸟。闲云伴、此心婀娜，想江流、更欲争分秒。此心婀娜，共远山花好。　　真觉此心婀娜，喜无愁无恼。筑新梦、此心婀娜，避嘈杂、世界由浮躁。此心婀娜，对半窗兰草。

满江红·谒岳王庙 恭步武穆原韵

满目秋光，西风里、芳菲渐歇。沿小径、搜寻历史，感怀壮烈。前路八千扬大纛，金牌十二遮明月。捣黄龙、竟也付东流，悲声切。　　梦依旧，堪破雪。人已去，情难灭。看英雄功绩，幸无沦缺。落叶碑前飘似画，斜阳天际浑如血。肃穆中、独自品兴亡，凝云阙。

满江红·甲午海战 120 周年祭

大海茫茫，百廿痛、思来犹切。望苍天、当年云暗，残阳凝血。战士保家身赴死，将军报国情贞烈。恨国屈、难断浪层层，涛声咽。　　翻历史，开新页。雄狮起，襟怀阔。激沧波，誓把倭奴湮灭。强壮中华非远梦，笑看东海生明月。三杯酒、聊共满江红，英魂谒。

满江红·满洲里国门前有思

往事盈门，风雨度、洪流渐歇。红色梦、不停求索，忆中犹烈。正气千重凝宝剑，高天万里悬明月。捧火种、真理路悠悠，歌声切。　　春碧草，冬白雪。相望处，情难灭。笑今朝傲立，土疆无缺。拥抱和平张臂力，沟通贸易倾心血。思绪萦、回首好山河，迷烟阙。

水调歌头·中华巴洛克剪影

今日也穿越，岁月那条河。百年面貌还原，史迹似披蓑。望去琳琅店铺，模样依稀识得，包子与沙锅。微雨小街里，信步漫吟哦。　中式门，欧式壁，演谐和。邻家庭院，京腔京韵已开锣。拾起阶前故事，好共清清水调，梦逐大江波。最是沧桑意，许我细观摩。

水调歌头·游绍兴东湖

信步沐微雨，放眼读高山。琉璃湖面波转，船在壁崖前。才叹神奇石宕，更有青葱竹直，过处解悠然。阶畔桂香漫，亭阁自留连。　知情盛，怜梦绮，喜心闲。凭栏揽月桥上，风飒拂眉边。润罢彷徨枯笔，寄个逍遥长调，不负此方天。回首觉辽阔，思绪遣云端。

水调歌头·西湖畅游

梦里常思念，此处隐神仙。那些优美传说，婉转水云间。近看湖波潋滟，远望山光旖旎，忽又断桥边。来往尽鸥鹭，小憩歇尘肩。　怜风荷，想秋月，结诗缘。悠悠古意多少，澎湃到新笺。俗世忧烦忘却，槛外烟霞寻觅，心境豁然宽。一苇摇摇去，恍惚范蠡船。

水调歌头·乘船游秦淮河

望去宛如梦，碧浪逐春秋。几多故事浮现，隐约到心头。二水中分白鹭，千载犹传妙句，奇景正牵眸。岸柳弄眉影，仿佛美人愁。　　十里烟，六朝雨，漫层楼。随风梳理思绪，飘忽觉清幽。回首炎凉世界，莫叹悲欢过往，天地自悠悠。但此豪奢处，空许客来游。

水调歌头·舣舟亭抒怀

静伫运河岸，缥缈浪如歌。西风细雨飘过，庭桂漫婆娑。信步扶栏寻梦，暗想当年舟舣，缓缓动心波。辗转岁流去，山水自嵯峨。　　词家笔，仙人砚，共吟哦。堪怜此地尘远，许我一方何？也拟邀邀明月，再酹杯杯好酒，拜访老东坡。千载来相会，莫怪话儿多。

水调歌头·常州行吟之重上舣舟亭漫思

拜别两年矣，今日复登临。名亭幽静风好，依旧拂尘襟。时念河边古柳，更有枝头绮梦，每每系诗心。纵使隔千载，许我漫钩沉。　　思赤壁，想明月，作清吟。悠悠往事，如江如海弄牙琴。先借坡仙妙笔，再醉常州老酒，莫道不知音。回首凭栏处，霞晚正流金。

水调歌头·哈尔滨老江桥咏叹

看惯雪欺柳，听惯浪淘沙。不知岁月多少，风雨每相加。十里栏杆斑驳，百载身形销铄，往事甚堪嗟。今日卸沉重，从此梦清嘉。　　笑青萍，迷白鹭，醉晴霞。聊将坦荡冰心，来共碧云纱。一段沧桑难忘，几许辉煌已去，信是远浮华。七里滩头望，唱晚有渔家。

水调歌头·端午思遣汨罗江

古老几多事，千载一江流。光阴陶冶波湛，明月濯春秋。读却凄凄山鬼，再解茫茫天问，寂寂品灵修。香草那时梦，缥缈没烟舟。　　遣情怀，理思绪，拭吟眸。楚云深远，苍艾摇曳共悠悠。笔底新兰凝翠，心上清风澄爽，独自立潮头。此意倩谁晓，报与汨罗鸥。

水调歌头·丙申春江畔闲步

散淡几云朵，潇洒万重波。杏花婀娜，聊共含翠柳婆娑。笑指渔舟稳舵，再望芳洲新桠，自在踏青莎。俗事无须锁，一一漫相搓。　　人虽老，笔难惰，梦由磨。东风拂过，凭栏思绪遣烟萝。早已浮生勘破，不必虚名缠缚，畅听燕鸥歌。岸石悠然坐，山远任嵯峨。

满庭芳·巴彦塔拉蒙古部落

　　绿草凝烟，黄花摇梦，一派辽阔迎眸。远天相接，云淡又轻柔。鸟语缤纷过往，频散落、快乐无忧。扬鞭处，马儿腾起，驰骋竞风流。　　悠悠，情与共，苍茫万里，恬静羊牛。更漫遣闲思，融入平畴。醉饮三杯奶酒，俗尘事、谁去绸缪。阳光灿，诗心晒晒，刹那解沉浮。

满庭芳·初秋作客农家院

　　红果玲珑，绿荷旖旎，百合深处藏蛩。小园芳径，沐浴晚霞中。惊喜星光点点，共垄上、秋意初融。清凉夜，消残暑气，快矣几丝风。　　丛丛，兰梦绮，悠悠与我，心境相通。此时远尘嚣，一抱长空。漫卸俗身块垒，提脚步、唯剩轻松。柴门外，茫茫大野，在望更葱葱。

满庭芳·踏春心情散记

　　浅浅初红，溅溅新绿，演绎多少无邪。草生湖岸，聊伴小蒹葭。若许玲珑鸟语，缤纷后、散落枝桠。风飘荡，不时牵动，那一抹云纱。　　思遐，虽说是，心情有雨，梦未倾斜。任世尘飞舞，自远浮华。但觉远山在唤，邀明月、煮酒烹茶。将闲适，交融春色，绾作鬓边花。

凤凰台上忆吹箫·盘点诗笺思题

云影澄高，月痕清浅，静中盘点曾经。忆几多流水，若许回声。春里桃开杏谢，留一段、旧梦娉婷。凝神读，黄昏往事，细雨归程。　　轻轻，小船倚岸，抛老笔为竿，但钓闲情。任露凉风急，唯有心平。襟上浮尘勤抖，波洗耳、听惯鸥鸣。鸥鸣处，相邀早霞，再结诗盟。

雨中花慢·冰城飞雪喜赋

一梦浮云，六翼御风，轻盈直下瑶台。漂白红尘万象，甚是悠哉。随落零星往事，沸扬散淡情怀。畅无根朵朵，有品翩翩，仙手培栽。　　冰心皓皦，吟绪缤纷，谢公妙笔赊来。须把酒，相邀天际，三五诗才。此意孤山能共，梅花十万堪栽。问谁如我，相思不减，空惹人猜。

声声慢·中秋有寄

圆圆缺缺，念念悠悠，高高淡淡澈澈。漫照离人多少，古来难说。相思一线万里，共此宵、几分清绝。品桂酒，向天涯、醉织故乡情结。　　飒爽西风吹拂，将往事、丝丝浸融华发。独倚轩窗，忆着那些岁月。黄昏陡增冷意，到眸前、片片落叶。这次第，自在我心底折叠。

八声甘州·迎新

看新年款款正行来，月色洗新空。渐新晨揭幕，畅听新鸟，穿越新风。汽笛迎新驰去，桥上闪新灯。冉冉新阳好，放射新红。　　剪得新云几片，记新花婀娜，新梦玲珑。想新江流碧，远岭翠新松。约诗朋、漫吟新句，展心情、新路踏从容。呼新酒，把新思绪，遣进新冬。

暗香·清明

雪花又落，这早春气象，依然微薄。只有鸟声，不管阴晴乱挥霍。杨柳枝头滴泪，浑似我、心情萧索。拾片段、旧事眸中，清晰竟如昨。　　交错，记忆剥。把百般挂牵，托与云鹤。几分寂寞，可在泉台怨风恶？松影坟前寂寂，摇曳着、茫茫寥廓。伫立久，思渺渺、故人梦约。

国香·贺哈尔滨诗词楹联家协会成立十周年

诗意丁香，喜风流十载，依旧芬芳。松江浪花堪逐，几许疏狂。雅韵清音不断，更匀些、月色星光。情丝共春雨，紫白摇摇，未染沧桑。　　脱尘而怒放，让缤纷理想，一路昂扬。含烟凝雾，助我腕底词章。此刻犹撩人思，梦依依、胸有朝阳。冰心付塞北，运笔驰怀，直向苍茫。

三姝媚·京城归来

不求词妩媚。访京城归来，笔挥无畏。写点风情，并抒怀千里，与梅交会。查看曾经，频刷新、屏前难寐。三五吟家，遣韵高超，使人陶醉。　勾起陈年心事。怅月色泠泠，奈何遥对。记忆青山，更旧街门老，几番回味。漫剥层层，蓦地觉、眸中盈泪。悄立窗前凝远，思飞天际。

瑶台聚八仙·游黄粱梦吕仙祠引思

笑踏晴霞，人来远，园内石径幽斜。鸟儿啼处，杨柳野草闲花。仙境蓬莱空有迹，扬帆不是旧时槎。共云纱，淡烟袅袅，飘向天涯。　当年吕翁送枕，让卢生一梦，享尽豪华。醒后惊魂，终也放却喧哗。浮名虚幻刹那，又怎比，深山诗酒茶。频回首，叹此身如寄，岁月流沙。

无月不登楼·中秋随笔

凭窗西风冷，渐缭乱、几分思绪。玉影朦胧，星光缥缈，夜色这般忧虑。灯火缠绵，蛩声无序。只有楼台，菊梦如许。白还紫、添些闲趣。　世事秋来若云聚，大海骤多阴雨。纵笔诗飞，扬眉剑出，莫使此心犹豫。今剪情丝缕，聊再作、远山新句。堪与，逐碧浪、叠苍凉、天涯去。

念奴娇·梦荷随笔

小花初醒，枕湖浪、遥望长天云碧。慢展罗裙，嗔宿雨、将梦轻轻滴湿。若有相思，浑无寂寞，笑对凭栏客。田田模样，一时怜我词笔。　　风自吹拂心情，眼前凭跳跃，蛙声清晰。暗想浮生，多少事、都似红尘沙粒。岁月飘飞，流光交错着，远方山色。曾经盘点，剩些留待回忆。

念奴娇·秋游拙政园

此行难负，见满园苍绿，未觉萧瑟。风更清凉云漫度，促我自由呼吸。缓步亭桥，鸟声来去，仿佛红尘隔。莫嫌迟到，但尝些许幽寂。　　遥想拙政当年，栽蔬种树，和洽销魂极。转瞬光阴随水逝，都是人间过客。修竹长依，寒荷独抱，旧梦轻轻拾。斜阳归处，回眸羞执词笔。

无俗念·夏夜随笔

月盘无俗，慢移动、一份清凉柔白。刹那长天归静好，掩却人间杂色。柳梦参差，花情缱绻，蝶影浑然默。忽而香至，几分芳草犹茁。　　竟惹思绪升华，随风向远去，水边山侧。往事缤纷轻拾起，多少销魂回忆。三径倾心，五湖着意，七里滩头碧。此身应是，烟霞深处蓑笠。

渡江云·春分兼贺中华诗词论坛上线十周年

此天端正好，任风缱绻，昼夜得平分。雪花融化着，点点清纯，鸟语更缤纷。山光暗涌，水渐肥、烟景氤氲。思剪剪、演红排绿，温暖一台春。　殷殷，千般世味，八载诗情，换丝丝白鬓。将岁月、铺于紫陌，揉进黄昏。依然不悔堪嗟叹，独自守、如梦天真。心底事，时时寄与闲云。

高阳台·秋雨忽至引思

失落心情，飘飞往事，携雷冲破云裳。打乱秋花，浑然不见彷徨。长空霎那无颜色，柳梦惊、摇曳苍茫。恰新秋，洗透尘怀，淹没沉伤。　销魂最是流年逝，叹燕来鸿去，载运时光。漫想曾经，韶华换取风霜。浮生未改天真性，且相宜、几许疏狂。但愁留，半札书笺，半札词章。

高阳台·登会稽山敬谒大禹陵引思

露浸高槐，霜洇绿竹，时逢小雨婆娑。逐步台阶，环眸岁月风磨。陵前静伫添钦仰，想圣贤、晏海清河。为苍生、三不还家，堪叹长歌。　深深浅浅苔痕迹，共心灵之海，浮动泠波。秋意漫山，难将拙笔蹉跎。前方更有悠悠路，信我侪、筑梦嵯峨。向明天、播种沧桑，收获嘉禾。

高阳台·春事知多少步韵张炎《西湖春感》

　　领唱莺儿，衔泥燕子，清江浪暖新船。杨柳摇青，丝丝送走流年。连翘花好桃红嫩，梦浮香，惹我轻怜。草欣然、浅绿初回，漫吸尘烟。　　心情但向闲云遣，渡三千弱水，十万晴川。往事如潮，任凭滚滚无边。此身欲脱喧嚣外，效刘伶、醉饱高眠。月盈帘、不是吟愁，却共听鹃。

高阳台·题香雪兰

　　绮梦高梅，娇姿胜雪，灯前月下凝眸。独向天涯，相思剪剪难收。纵多夜露幽香湿，却依然、弥漫云头。遣痴情、十二朱栏，十二危楼。　　当年拙笔怜芳骨，赋千般闲逸，几许清愁。今又低吟，叹无雅韵来酬。重逢但觉情非浅，觅烟霞、共脱尘囚。抱孤怀、默守心窗，不逐潮流。

高阳台·登铜雀台引思

　　歌舞消声，烽烟遁迹，鸟儿旋绕铜台。杨柳丝丝，此时掩却苍苔。高檐斑驳琉璃瓦，雨霜磨、几许欢哀。岁痕深、霸业风干，旧梦淹埋。　　文姬鬓影曾飘过，叹胡笳十八，归汉悲裁。魏武当年，信携明月情怀。山河不老谁人主，向晴霞、抖落肩埃。出重门、草色清新，云净花开。

高阳台·兴安云顶抒怀

绿浪翻歌，苍岩静默，时风时雨兴安。高塔凌云，森林望去无边。曾经雷击青青木，剩嶙峋，空卧山间。叹流光、演绎沧桑，诠释斑斓。　　登临顿觉诗心阔，更征尘得浣，词笔横穿。脚步轻松，几声鸟语新鲜。多情自有清溪水，向远方、润色明天。我犹思、伴着红霞，踏遍苍山。

夜合花

其一

柳展青眉，桃回粉面，小园香径幽幽。梨摇旧梦，飘落点点离愁。沾草色，倚亭楼，有人儿、向远凝眸。恰闲云载，三分寂寞，一片怊惆。　　诗海许有芳洲，堪泊心中世界，不逐尘流。葫芦酒满，再寻樵斧渔舟。怜白鹭，喜飞鸥，惬意着、品读春秋。信烟霞好，听松踏浪，我自悠游。

其二

盘点当年，剪裁小字，夜来深掩重门。钩沉往事，多少已逐流云。荷叶袖，柳花裙，忆如何、枉自含嗔。问谁能挽，如歌旧岁，如梦青春。　　生涯虽没存根，信那山光水色，差可销魂。凭窗一笑，皮囊暂寄红尘。星有影，月无痕。想明天、霞彩撩人。向清晨里，汲些绿意，装扮诗新。

锦堂春慢·春日心情杂记

零落桃红，飘摇柳翠，风中点缀春愁。紫燕归来，衔着往事悠悠。岁月这般沉重，怎个飞越云楼。把几分寂寞，几缕相思，藏在心头。　　最知真情无价，叹何因弄得，梦也纠纠。前路难明深浅，试擦吟眸。漫想多形世界，算了了，皆是尘囚。块垒终须卸下，抛向江河，笑看东流。

绕佛阁·过雪窦山雪窦寺

纵眸缥缈，轻步拾级，云雾缠绕。飘雨微小，四神护卫风中显威貌。逐阶又眺，花梦渐湿，枝上传鸟。苔滑人老。佛高路远空叹竟愁到。　　漫漫起思绪，雪意缤纷时尚早。联想这方秋光浮躁少，更浣去襟尘，心境无扰。此情难了。把一点虔诚，都付词稿。向明天、祝声同好。

秋色横空·夜观乘风湖

云影飘飘。正霓虹闪烁，点亮长宵。星光撒落澄湖面，波花与共逍遥。清幽岸，玉石桥。又引我、轻松行步高。十二栏杆拍遍，俗事全抛。　　思绪漫梳漫遨。似乘风万里，直上层霄。纵眸晚月弯如梦，心境寂寂无潮。襟尘抖，往事淘。再把那、诗情寻一遭。待赋绿词红，悬挂柳梢。

秋色横空·暮秋龙凤湿地行

来逐晴霞。望云移素淡，水涤浮华。寒芦不惮身怀老，梢头漫指天涯。萧疏叶，坦荡花。竟赚得、茫茫秋恁佳。且许诗心幻想，以此为家。　　风景这边独夸。喜相亲沙渚，鹭雁无邪。更怜拥抱清清浪，菱角隐约泥蛙。耽幽境，任思遐。纵有那、泠泠霜复加。信万里春回，新梦发芽。

宴清都·黑龙江畔野餐

沐浴东风好。登高处、几朵闲云晴好。慢行幽谷，方听鸟脆，又怜松好。鸣琴跳珠泉好。引远客、扬帆渔好。欣放眸、更觉山好，花好，酒好，人好。　　山好，叠梦青青。花好，怒绽相思鲜好。恰闻酒好，酒好，最是这方人好。相逢有缘醉好。共江水、才情酿好。再把诗、淘得清清，声声吟好。

水龙吟·黑龙江畔遐思

碧江万里汤汤，凭栏迭去千重浪。翠田隐隐，青林寂寂，听涛跌宕。古老思寻，鸥鸣空剩，漂浮云上。感那些故事，萦缠风里，扬帆处、渔犹唱。　　纵有诗情难赋，叹悠悠、曾经悲壮。铁蹄碎月，烽烟卷泪，清魂埋葬。家国多姿，山河载梦，波生霞亮。信吾侪到此，濯缨罢却，更襟怀畅。

水龙吟·谒中山陵

淡然几许晨曦，路旁摇曳梧桐冷。轻提脚步，慢随山色，心怀素净。俯仰青松，庄严阶石，菊开犹盛。这秋光片片，浑无边际，正催我，思潮骋。　　想见硝烟万顷，驾长风、山河重整。先生博爱，人民多梦，复兴前景。变幻阴晴，飘飞岁月，精神长永。但迟来凭吊，鲜花一束，更深深敬。

向湖边·秋江有忆

那柳凝眉，那江流梦，那抹斜阳很暖。静处凭栏，望朦胧山远。指前方、舟小如飞，鸢轻如燕，几朵闲云舒缓。岸上黄花，向清秋消遣。　　记忆翻开，顿觉思潮乱。些些往事里，唯深藏此段。这份心情，共悠悠箫管。有多少愁绪曾经绾。而今是、瑟瑟风中空慨叹。水逝依然，怅诗情飘散。

向湖边·初识南镜泊湖

荡去浮华，从容凝碧，倒影山光缥缈。几许迷蒙，似烟岚缭绕。更朦胧、舟上渔歌，渐行而远，顿觉空空无扰。思绪牵萦，向天涯悄悄。　　浣罢心尘，再濯缨尤好。波浪滚滚处，消愁除烦恼。把酒酣时，笑舒舒怀抱。望清凉明月莫叹老。寻幽境、万事皆抛唯听鸟。难了轻吟，借湖中诗藻。

泛清波摘遍·读秋叶

　　悲荷谢幕，喜菊登场，百里碧江波也好。荻花如雪，拂过残眉叹秋早。应知道。凋零不远，离别长，惆怅这番情已了。往事封存，寂寞相随岂能少。　　惯飘渺。风里漫追夕阳，月下但思春草。斑驳青青一颗心，有谁能晓？梦飞杳。无悔此去化尘，堪期再生听鸟。最是明年婀娜，绿成诗藻。

花发沁园春·秋思

　　雁驮峥嵘，叶飞斑驳，这般拨动秋律。梧桐影冷，杨柳眉残，牵出几多回忆。蒹葭梦窄。摇曳着、相思无力。望水上衣袂飘飘，忽然迷了踪迹。　　拾起心情一楫。剪云笺漫题，直抒胸臆。斜阳冉冉，往事悠悠，尽付满江波碧。销魂已极。留淡泊、武陵寻觅。约陶令、种菊南山，此生焉悔为客。

夜飞鹊慢·秋日黄昏外滩观浦江有思

汤汤碧江远，千载沙涂，淘就一颗明珠。奔流岁月皆成史，浪浮云卷云舒。因迷六桥雨，感秋来寻梦，未觉情孤。驰眸两岸，恰霓虹、闪烁宏图。　当趁此时风好，停步且凭栏，思绪梳梳。故事沉沉穿起，这方世界，多少荣枯。淡然心境，自悠悠，只合鸥凫。想人生如是，应携坦荡，漫画圆弧。

夜飞鹊慢·有忆

春园忆分别，杨柳摇摇。风中独步虹桥。倚栏望远凝思久，几分惆怅难逃。浮生竟如梦，叹莺来燕往，草长花凋。谁能解意，有闲云，知我情高。　犹感此时人老，心境转平和，难逐新潮。小径延伸往事，忽宽忽窄，终觉迢遥。许今回首，向天涯，寄本诗抄。对茫茫河汉，曾经一诺，听笛听箫。

望海潮·游呼伦湖

　　高天云淡，长堤草绿，呼伦万顷波清。攸忽
燕飞，飘然鹤唳，相随阵阵鸥鸣。迎面浪花腾。
恰往来涛阔，势比沧溟。静伫舷边，欲分些许濯
尘缨。　　开怀漫浴心情，这泠泠世界，差可忘
形。襟垢但搓，诗埃且抖，驰眸百里霞明。思绪
亦层层。想此回圆梦，无负平生。再浣真诚一笔，
归去赋卿卿。

春从天上来·春之松花江引思

　　一路汤汤，领几缕春风，千里徜徉。承雨时短，
滋柳偏长。清浪叠向苍茫。伴闲鸥闲鹭，尽情洗、
早露斜阳。过田园，共农家岁月，播种铿锵。　　凭
栏又生慨叹，忆旧日风烟，难盖星光。白雪飞鸣，
红鬃嘶啸，演绎那段沧桑。正思潮断续，看百舸、
开启新航。莫彷徨，让漫江春色，流进诗行。

春从天上来·春夜随笔

月色轻匀，再掬点星光，洗洗精神。心自宁静，梦可安纯。远却俗事浮尘。望长空澄澈，报微笑、更叹无垠。感蹉跎，问时间去哪，鬓上逡巡。　　凭窗正堪欣赏，这世界多形，棱角迷人。情许沧桑，诗生婀娜，生活如此缤纷。抱襟怀宽阔，虚名弃，不弃天真。待抽身，做一回孤鹤，闲戏流云。

惜黄花慢·秋江有思

伫立江皋，望浪花似雪，一棹遥遥。柳堤风骤，远山云少，雁行梦断，逝水魂销。几回欲寄心情语，奈何也、愁压眉梢。任寂寥，绮怀已老，空剩萧条。　　如烟往事飘飘。叹俗尘复叠，霜冷如刀。静观渔钓，暗思发白，倾听鹤唳，漫剪云高。碧波解我怜鸥意，润诗墨、化作童谣。岁月桥，太多阅历狂潮。

惜黄花慢·秋怀

忍对秋浓。正冷霜拂柳，寒露沾枫。几分思绪，忽迷浊眼，几多往事，竟逐飞鸿。素怀早遣闲云上，共凉月、些许朦胧。绮梦同，那春那雨，终舍相融。　　流年尽已随风。怅镜前鬓老，无觅青丛。淡眉愁画，入时任浅，霞笺怯叠，惹泪洇红。挂牵寄向天之角，或飘落、心海诗峰。望远空，倍怜一诺玲珑。

沁园春·绰尔大峡谷抒怀

此地天宽，此地风鲜，百里无埃。听鸟声散淡，林间飞渡，涧溪舒缓，草畔流来。白桦情深，长松梦老，最是闲花烂漫开。凝眸处、有峥嵘岩石，遍覆苍苔。　　亿年岁月难裁，探幽境先登观景台。看远山翠嶂，谁能不叹，近身高塔，我自输才。病膝何愁，诗心岂怠，块垒抛残真快哉。须斟酒、信这方世界，可放形骸。

沁园春·退休前闲笔

　　眼角横纹，鬓角敷霜，岁月透支。忆青春枉度，世情难懂，赤怀虚满，理想多姿。总有风凄，常经雨冷，不惯炎凉叹逆时。寻霞彩，共读今访古，山水相知。　　天真偏佐无私，纵豪气江湖自在驰。把红尘脉象，融于沧海，浮生事业，嵌入新词。笔垢清除，心埃卸载，但逐闲云向远飞。秋光里，看东篱菊好，怒放千枝。

沁园春·漫步老江桥哈尔滨中东铁路一段

　　雪打萧森，雨蚀凄凉，已过百春。叹江涛浩浩，奔流岁月，车轮滚滚，碾碎风云。往事嵯峨，苍烟缥缈，多少曾经不忍温。凭栏处，看斑斑轨迹，叠叠伤痕。　　轻关历史重门，便更觉身为一粒尘。畅天边霞影，红情灿灿，桥头柳色，翠梦欣欣。散淡鸥飞，从容燕舞，聊共清心词岂贫。青莎踏，把悠悠思绪，遣向黄昏。

寿星明·敬贺婆母米寿

烦恼相除，快乐相乘，福自立方。借海之壮阔，教儿坦荡，山之馥郁，育女芬芳。风皱苍颜，霜侵白发，多少艰辛勇敢扛。红尘里，这殷殷母爱，莫道寻常。　　从容品味炎凉，换今日阳光洒满堂。看蟠桃手捧，众孙拜寿，金波情酿，四代飞觞。聊作词篇，略呈心意，望远悠悠岁月长。平生伴，喜关怀冷暖，如我亲娘。

寿星明·家姐花甲寿诞有贺

思绪萦怀，莫怪轻轻，薄礼一篇。想那时事业，培桃育李，如今霜发，剪累梳闲。煮点秋葵，炒些春韭，料理晨光与晚烟。悠哉也，再游游山水，心自陶然。　　情丝接向流年，总难忘江河浪急湍。忆凄风冷雨，相依相伴，疏星淡月，同醉同看。走过黄昏，迎来红日，珍惜沉沉这份缘。吾何憾，有亲亲姐姐，常唤丫蛮。

寿星明·贺夫子思密华诞

山举红枫，江渡闲鸥，时近重阳。正欣然放目，合收世象，悠哉信步，漫浴秋光。小酒斟斟，新蔬炒炒，苦辣酸甜笑品尝。庐虽小，却诗歌不断，溢满芬芳。　　曾经多少寒霜，手牵手征程万里长。惯云舒云卷，风敲梦境，花开花谢，雨打帘窗。共守清怀，不争俗事，大写人生孝悌章。吾何幸，有君相为伴，一路铿锵。

沁园春·厨房交响曲

上围裙，备好新蔬，走近灶台。喜红尘五味，和风煎炒，绿茶几盏，对雨烧开。慢嚼人生，细调岁月，搅拌诗情笑抒怀。如此乐，信王侯将相，终是难猜。　　瓢盆锅碗音谐，把暮曲晨歌齐奏来。看盛些鸟语，随之入腹，装些霞色，刹那盈腮。洗尽闲愁，擦干烦恼，未许轻沾一点哀。心倍静，做平常家事，也自悠哉。

沁园春·与艳子小酌归来有题

凉拌黄瓜，热煮青鱼，酒共白开。把冰城风物，悬于嘴角，江南水色，摆上平台。夜幕垂垂，灯光灿灿，细雨蒙蒙洗俗埃。终能够，让劳形歇歇，心境无苔。　　归程思绪萦怀，喜这样红尘敢剪裁。笑贫穷不惧，依然慷慨，浮华但远，何必徘徊。学点船歌，听些鸥唱，信步江湖也快哉。朦胧矣，问当真若此，可算奇才？

金缕曲·太平天国天王府遗址引思

岁月如烟杳。过重门、几多史迹，向深寻找。楼阁庭阶晨色里，聊共凄凄秋草。忽往事、眸前缭绕。赫赫王侯今何在？叹空余湖水浮青藻。回首处，一声鸟。　　匆匆读罢沧桑稿。慢舒怀、觉天辽阔，感云轻好。俯仰乾坤阴晴变，只有山河不老。思绪理、随风缥缈。脚步从容归路踏，且由他尘世嚣音噪。对万象，淡然笑。

金缕曲·国民政府遗址引思

缥缈前朝雨。想当年、驱除鞑虏，震惊寰宇。尚未成功先生梦，撒手难消忧虑。后继者、如虫似鼠。大好河山倭寇踏，叹国家水火身遭侮。多少恨，向天诉。　　星星漫闪红旗舞。救神州、英雄热血，助敲征鼓。万里乾坤还朗朗，终属人民做主。今到此、难平思绪。满院沧桑轻轻拾，更凭栏凝望峥嵘树。将往事，织金缕。

金缕曲·儋州东坡书院怀古

纳海胸怀矣。更相持、才峰学浪，谪居千里。舟雨岸风牵乡梦，露杖偏行荒地。将岁月、重新开始。抵掌黎家谈疾苦，再苗门问讯艰辛事。传大道，布高义。　　此来漫解苍凉意。寄桄榔、感今叹古，怅中回味。但惹思潮时跌宕，诗心随悲随喜。知往昔、终难拾起。鹤骨松身情不老，信吾侪争染烟霞气。香茗举，向天酹。

金缕曲·重读渔父辞留题

诗魄今重祭。读先贤、沉沉渔父，又添悲矣。莫道忠魂无归处，信有江河铭记。难忘却、迷蒙天地。多少阴云遮明月，更那堪骤雨狂风起。唯正气，壮桑梓。　　濯缨濯足沧浪水。纵千年、奔流万里，不羁如此。孤鹤空鸣香草梦，隐隐犹传声唉。但唤醒、时春兰芷。心境怅然生慨叹，这红尘世界非虚拟。清浊辨，料应是。

金缕曲·丙申秋初访绍兴沈园漫思

铁马冰河老。想孤村、千年夜雨，一丝丝杳。渐逐罡风飘出梦，流入时光隧道。且漫结、相思怀抱。今到沈园寻旧迹，叹残墙空剩双词稿。离别泪，实难了。　　修篁深处凄凄草。向时人、漫摇岁月，不知烦恼。思绪怅然随云远，缓步伤心桥小。悲往事、堪怜啼鸟。但见池清愁浣笔。纵情真也莫闲惊扰。聊默默，问声好。

解红慢·岁末过江畔

北风催步。望远天，轻云逍遥度。冰花雪朵，悠然与岸柳相濡。尘埃漫吸，装点长长眸前路。那船儿早歇，鱼儿隐，萧条渡。有闲雀，聚啾啾，无忧虑。这边好、诗情拾些许。归家或可抟作句。正零星杂想，歌断思绪。　　心渐平，淡嘈嘈江湖。襟怀阔，且任冷共荒芜。烟霞纵在，苍茫里，寄也何书。梦外梦中，岁序无声翻今古。凭栏忆、坦荡流年，欣未负。览秦淮，下扬州，观黄浦。躲俗事、徜徉觅白鹭。堪珍词笔山河舞。更晨宽夜窄，吾自糊涂。

多丽·雨后见丁香花飘落

共晴空，云花朵朵无尘。且倾听、声声脆脆，枝头鸟语缤纷。抱相思、雨沾香瓣，怀寂寞、梦落清晨。往事萧萧，东风剪剪，更兼芳草并销魂。远却那、嚣音长短，独自守清纯。轻梳理，删除哀怨，掩尽温存。　　念卿卿、难平乱绪，又搅多少心痕。叹开时、不求妩媚，感凋去、唯剩天真。预约霞光，移来月影，怕教诗笔再沉沦。慢回首、今朝别苦，重聚待明春。飘飘意，信能我解，莫问原因。

多丽·游向海湿地抒怀

荡清波，迎眸曳曳兼葭。又浮萍、深深浅浅，逐梦飘渺天涯。近云轻、载来淡泊，远雾薄、掩去喧哗。心境凝蓝，思潮涌碧，鹤情鸥意最无瑕。但击浪、神怡风好，画舸醉烟霞。知多少、玲珑墨笔，向此倾斜？且全抛、经年俗事，莫叹流逝芳华。剪烦丝、放怀大漠，抖忧虑、拈韵闲花。贪恋湖边，流连物外，野田高阁幻为家。暗想那、草原夜色，弦月共琵琶。难相衬、我身渺小，一粒平沙。

夜半乐·秋之梦

碧霄云淡，湖岸风爽，芦荻含愁参差舞。正蛙鼓声声，残荷深处。小舟一叶，冰蟾半阙，慢摇双桨，激起浪花无数。渐向远、搜寻梦中渡。　　武陵溪畔有约，世外闲人，舍吾谁与。斟北斗，凭他红尘争妒。剪些汉赋，裁些唐律，更将秋雨丝丝，接今连古。最是那、黄花解心语。　　蓦地回首，顿失烟霞。霎时凝伫。恰大海狂涛乱思绪。对苍茫、难尽测天意如故。收拾起、笺上诗千句。子陵台上沉沉土。

〔附〕

曲选四首

【中吕】快活三带过朝天子四
换头·向海仙鹤岛观鹤有思

【快活三】趁长空一个晴，乘周围几分青。湖光百里浪层层，自在逍遥境。

【朝天子】振翎，浴缨，有鹭相呼应。盘桓舞蹈似精灵，喜煞天真性。瘦骨无愁，幽怀存静，已惯逐浮萍。不争，不营，不借红尘姓。

【四换头】相逢荣幸，无意凌烟引共鸣。孤山约请，坡仙邀定。来吟梦清，来伴心轻，望远开新镜。

【中吕】快活三带过朝天子四
边静·横头山采风散记

【快活三】看横头翠眼前，听蛙溪响身边。花儿梦共蝶舞翩翩，今日里阳光在线。

【朝天子】树天，草天，来往些莺莺燕。歌声起落自由篇，竟把红尘甩远。栈道深沉，苍岩凝练，几多故事相牵。问源，慢诠，谁摆峥嵘宴？

【四边静】风梳疲倦，理理心情抖抖肩。亭台笔剪，晴岚词恋，五仙八贤，志不求凌烟殿。

【仙吕】哪吒令带过鹊踏枝寄生草·向海行有题

【哪吒令】绿茵茵草肥，接荡悠悠水美。荡悠悠水美，逐懒塌塌鹭飞。懒塌塌鹭飞，共韵摇摇碧苇。漫飘飘空气新，渐蒸蒸霞呈瑞。一步步揽海阁上沐斜晖。

【鹊踏枝】爱绵绵雁相偎，舞翩翩鹤相随。莞尔对沧桑，潇洒逗芳菲。已惯了波平浪急，已惯了雨细风微。

【寄生草】天宽宽心能阔，景般般笔莫违。笑吟吟冲破那红尘垒，快些些放下那黄昏累，喜滋滋尝起那青山味。迷蒙中幻作子陵滩，鱼竿一甩收兰蕙。

【北双调】行香子·东丰采风记

【行香子】稻穗摇摇，谷穗摇摇，但纵眸、大野辽辽。远山妩媚，近水逍遥。此间是路长长，天朗朗，梦高高。

【乔木查】绕盈河上捞诗藻，南照山前采诗草，植物园中摘得花枝最窈窕。更有农民画卷，世界都知晓。

【拨不断】马萧萧，鹿嗷嗷，旧时风雨知多少？打猎的英雄弓箭豪，打渔的小伙船帆傲，览江湖、千百年事犹难料。

【搅筝琶】君且看今朝：学子不负春时，医者争当楚翘。办工厂，建新村，理想忒妖娆。大棚里的果菜呱呱叫，味美香飘。

【离亭宴煞】龙头湖畔洗洗尘襟好，恩泉庄内走走忧愁扫。这番景难装又难裱，许剪裁几片云为稿。莫怪我吟怀已老，莫怪我心思不巧。欲倚那青峰上的葫芦泉，伴星光醉听晨鸟。